LES ÉTRANGES ENQUÊTES

De

Charles Henri Édouard FAISAN

Journaliste à La Voix Des Hauts de France

LES ÉTRANGES ENQUÊTES

De

Charles Henri Édouard FAISAN

Journaliste à La Voix Des Hauts de France

Christian MONIER

Toute ressemblance avec des personnes, des noms propres, des lieux privés, des noms de firmes, des situations existantes ou ayant existées, ne saurait être que le fait du hasard.

Remerciements :

Un remerciement à Chantal et Édith pour leurs aides.

Une pensée particulière pour Mélanie, Rémi et Élise, mes enfants, et Ilona et Wendy, mes petites filles, à qui je souhaite une bonne lecture...

ISBN : 978-2-9569272-0-4
EAN : 9782956927204

INTRODUCTION

Je me présente, Charles Henri Édouard Faisan, 32 ans, journaliste.

Je travaille pour « La Voix des Hauts de France » à Lille. À mon canard, on m'appelle « CHEF » pour Charles Henri Édouard Faisan, c'est plus simple... Et puis, auprès des stagiaires, cela me donne une certaine prestance... Même si je ne suis pas encore patron du bureau... Du moins, pour le moment...

La rédaction me confie le plus souvent des enquêtes un peu spéciales, un peu borderline... Parfois étranges, aux limites du réel, ou encore genre casse-cou...

Mais j'ai un bon ange gardien et pour le moment je m'en suis sorti sans trop de casse...

Comme je suis un journaliste sérieux et efficace, eh oui ! je fais souvent des repérages des lieux dans les semaines précédentes afin de prendre mes repères.

Un objectif : un endroit sympa et pas trop cher, afin de ne pas me faire rappeler à l'ordre par mon patron lorsque je présenterai ma note de frais.

L'idéal, mon objectif, je ne vous le cacherais pas, mais ce n'est pas la peine de le répéter, c'est de passer quelques jours agréables aux frais de la princesse, ceci dans un endroit original, et au soleil si possible... De quoi joindre l'utile à l'agréable...

Aujourd'hui, je me suis décidé à prendre la plume pour vous faire partager trois de mes enquêtes les plus funs du moment... Bonne lecture !

UN WEEK-END INATTENDU AU TOUQUET-PARIS-PLAGE...

Chic, aujourd'hui, on m'envoie à la mer... ;-)

Enfin presque...

Je dois réaliser un reportage sur le futur Enduropale du Touquet, qui se passera fin janvier. Cette préparation va me permettre de prendre contact avec les organisateurs, dont le Service Événement.

Il faut dire que l'Enduropale du Touquet est un événement majeur dans la ville, et qui attire plus de 2 000 pilotes et 300 000 visiteurs !

Comme d'hab, j'aime associer l'utile à l'agréable en termes de déplacement... Bon hôtel, bons restos... aux frais de la princesse... Bon, j'aime aussi bien préparer mes reportages et je me rends, comme toujours, sur les lieux avant les événements afin de prendre mes marques et « sentir » l'atmosphère du coin... Ce sont des points importants qui me permettent de réaliser des reportages qui se démarquent de ceux de mes confrères...

C'est pourquoi je suis à la recherche d'un endroit sympa, sympa et confortable, où je pourrais résider pour cette préparation, sans trop exagérer sur ma note de frais.

J'ai donc fait une recherche sur internet concernant les hôtels du Touquet...

*« Hôtel Carrière Le Westminster **** : L'établissement de luxe Hôtel Carrière Le Westminster datant des années 1930 vous accueille dans de spacieuses chambres de style Art déco au cœur du Touquet, à seulement 500 mètres de la plage. L'hôtel allie histoire et modernité en plein centre de la Perle de la côte d'Opale. Spa Luxe, restaurant étoilé, piscine intérieure. Goûtez tous les bonheurs dans un lieu enchanteur... »*

Ouah, génial, le top ! On me propose en cette basse saison un prix très attractif à l'Hôtel Carrière Le Westminster, un hôtel quatre étoiles s'il vous plaît...

Bref, en plus, il paraît que c'est le Top au Touquet... Et il est proche de la plage... Et comme ce doit être un hôtel prisé lors de l'Enduropale, c'est aussi l'occasion de parler avec le personnel de service et de connaître toutes les petites histoires lors de ce genre d'événement... Cela m'a permis parfois de faire quelques articles un peu croustillants... Je vous laisse imaginer...

Alors, c'est vrai, quand je tombe sur un hôtel cool de ce genre, avec un resto gastro, situé dans le centre et à deux doigts de la plage, et que je ne connais pas... Alors je prends !

J'en profite d'être sur internet pour me renseigner sur cette ville balnéaire...

J'apprends que ce fut en 1837 qu'Alphonse Jean-Baptiste Daloz, notaire, acquit le domaine du Touquet, constitué alors de terrains dunaires à l'embouchure de la Canche. Il y plante des pins et autres essences et le domaine ainsi boisé offre vers la fin du siècle un site idéal, de mer et de forêt, qui inspire au directeur du Figaro (Hippolyte de Villemessant) et ami du notaire la vocation nouvelle et le nom attractif de Paris-Plage. C'est alors la destination privilégiée de villégiature des Parisiens...

À la fin du XIXe siècle, l'enthousiasme pour la région d'un homme d'affaires anglais (Sir John Whitley), adepte de la mode balnéaire, suscite la création du Touquet Syndicate Limited, lequel étend le domaine urbanisé, multiplie les équipements, développe les activités et la fréquentation hôtelière dès le début du XXe siècle.

La prospérité du Touquet devient indissociable de la présence britannique et l'évolution constante de la station se retrouve dans la diversité de son architecture. À partir de là, Le Touquet connaît une renommée mondiale.

Aujourd'hui, un couple de marque y habite. Il s'agit du couple présidentiel, Mme et M. Emmanuel Macron. Leur présence lors des week-ends, présence toujours sympathique et souriante, commence souvent le vendredi soir avec un dîner tardif au Café des Sports, situé dans la rue Saint-Jean, avant de rejoindre leur villa « Monéjan » toute proche. Une contraction des prénoms des parents de Mme Macron, Monique et Jean. Leurs passions : marcher dans les dunes avec les enfants et les chiens, puis se donner rendez-vous à la plage, près de la cabine à la porte colorée qu'en bonne résidente touquettoise Brigitte Macron loue à l'année. Les petits jouent pendant que les adultes discutent... Bref une famille (presque) comme les autres...

Bon, je me décide... et appelle le service réservation de l'Hôtel Carrière le Westminster.

Après trois sonneries...

-    Hôtel Carrière Le Westminster. Bonjour ! Comment puis-je vous aider ? me répond une voix gaie et pétillante.

-    Bonjour Mademoiselle. Je suis Charles Henri Édouard Faisan. Je voudrais savoir s'il serait possible de réserver une chambre pour le prochain week-end, disons du vendredi 6 au lundi 9 avril... ?

- Attendez, je regarde... Oui, vous avez de la chance, j'en ai encore une de libre... Vous savez, avec toutes les réservations des Anglais, je n'ai plus beaucoup de disponibilités !! De plus nous sommes passés à la télévision la semaine dernière !!

- Vous êtes passées à la télévision ?

- Oui, c'était un reportage sur notre président et Le Touquet.

- Super ! J'ai vu sur internet le descriptif des chambres que vous proposez en forfait week-end. L'aménagement et le prix me conviennent bien. Vous êtes bien à l'Avenue du Verger ?

- Exactement. Vous résidez à titre privé ou professionnel ?

- Professionnel. Je suis journaliste à « La Voix des Hauts de France » et je viens en reconnaissance pour le prochain Enduropale.

- Ah, très bien !... Vous aurez bien entendu un branchement internet... Pourriez-vous m'envoyer un mail pour confirmer votre séjour afin que je puisse vous bloquer la chambre ?

- Oui, bien entendu... Bon, je vous envoie le mail. Je vous souhaite une bonne journée.

- Merci Monsieur. À très bientôt donc. Bonne journée également ! me répondit-elle d'une voix joyeuse.

Je raccrochai, plutôt content de ce contact amical et agréable. Un bon séjour se profilait... et j'étais impatient que le week-end arrive afin de découvrir ce lieu magique...

Le samedi venu, une petite valise bouclée, je me décide à rejoindre Le Touquet. Je quitte Saint Jans Cappel, joli village de la Flandre où je réside, au volant de ma vieille décapotable rouge MX5 Mazda, une petite bombe...

Deux petites heures de route en perspective... Un fou de nature et des vieilles pierres comme moi aime passer par le chemin des écoliers, et donc éviter autant que possible les autoroutes...

Je contourne Hazebrouck, approche le magnifique château de Renescure, pour me diriger vers Thérouanne. Ce petit village m'a toujours intrigué... Quand je pense que ce fut au moyen âge une importante ville fortifiée, avec sa cathédrale, ses deux confréries de moines... et qui fut rasée par Charles Quint en 1553... Il n'en reste aujourd'hui qu'un charmant petit village...

La route continue. Dennebreucq et son Parc d'Attractions. Tous mes souvenirs d'enfance... Il est devenu aujourd'hui un des premiers parcs de la région de par la volonté de son propriétaire et ami, Christian Crunelle, et de l'assistance de sa famille et d'une équipe dynamique et soudée... Un exemple de développement du tourisme local...

« Le Touquet 48 km » indique un panneau au rond-point en sortie du village de Dennebreucq. On se rapproche, encore une petite heure de route. La campagne est jolie, vallonnée, avec des paysages à perte de vue. Un champ d'éoliennes se découvre à moi...

Je sais que le parcours sera plus long, mais j'aime me perdre un peu dans la Vallée de la Course qui tient son nom de la rivière qui la parcourt. À la fois boisée, vallonnée, fleurie et pittoresque, elle offre au promeneur une source inépuisable de merveilles et de lieux charmants. Mon péché, c'est de faire une petite halte à l'Auberge de Rinxent, où à l'époque le Duc de Windsor aimait rencontrer sa maîtresse Wallis Simpson, à l'abri des regards, dans le petit salon... La rivière nous invite à la visite de châteaux, demeures de caractère et ruines de vieux moulins. Mais surtout un écrin de nature exceptionnel... à ne pas rater !

Bon, mais il faut avancer, je suis censé bosser... Je pousse un peu mon petit cabriolet qui pétarade joyeusement et serpente dans les vallons environnants vers la mer...

Enfin le panneau « Le Touquet-Paris-Plage » m'annonce la fin de mon périple.

Je traverse le splendide golf par l'avenue François Godin et rejoins le Boulevard Daloz qui me conduira sur ma gauche à la rue Saint Jean. Impossible de ne pas passer dans cette rue à mon arrivée, comme un rituel...

En début de rue, en bon journaliste, je passe devant la jolie villa d'Emmanuel et Brigitte Macron. Puis devant le désormais célèbre « Café des Sports ».

Mais ce n'est pas le couple présidentiel qui m'intéresse ici...

Je ne savais pas encore qu'il en serait autrement...

Ce qui m'intéressait surtout à ce moment-là était de rejoindre le bord de mer et de boire une bonne bière au Touquet's Beach, en bord de plage, face à la mer. Comme toujours quand je viens au Touquet !

Ah, la mer, la plage, cette odeur d'iode qui m'enivre, le bruit des vagues, le cri des mouettes, de mes mouettes... C'est toujours un moment magique dont je ne me lasse jamais... Et qui m'est indispensable pour survivre dans notre monde de fous !

Je m'installe à une des tables, dans un fauteuil moelleux, face à la mer...

Une charmante jeune fille m'accueille avec un large sourire.

- Bonjour Monsieur. Que puis-je vous servir ? me dit-elle en me tendant la carte.

- Eh bien, comme d'habitude, je vais me laisser tenter par un Bacon Burger, avec quelques frites et une petite salade. En boisson, je prendrai une Touquettoise blonde...

- Je vois que Monsieur est un connaisseur... On vous apporte cela rapidement... dit-elle en s'éloignant dans un tourbillon d'air parfumé.

- Merci !

Je pensais d'avance à cette délicieuse bière biologique, La Touquettoise... Il en existe quatre saveurs, mais je préfère la blonde...

La commande arriva rapidement, toujours avec un beau sourire. Je réglai immédiatement pour me libérer totalement l'esprit. Ma première gorgée de bière face à la mer fut un délice... Je me délectais, enivré par les senteurs de la mer montante...

Un vrai moment de vie que je n'aurais échangé pour rien au monde...

Je faillis m'assoupir après avoir englouti ce repas festif, mais bon, mon patron ne me paye pas pour me dorer la pilule...

Je quittai donc à regret ce coin de paradis. La serveuse me salua avec un grand sourire appuyé... Un peu trop peut-être... Je pense y revenir rapidement...

Je me dirige donc vers l'Hôtel Carrière Westminster, « Le West » comme l'appelle ici les habitués et gens du cru. Il est 15 h et je pense pouvoir prendre possession de ma chambre et commencer à contacter les associations s'occupant de la préparation du prochain Enduropale. Faut bien se mettre au boulot tout de même !...

J'arrive rapidement Avenue du Verger. La façade Art Déco de briques roses de l'hôtel, construit en 1924 dans un pur style anglo-normand, se présente à moi sur ma droite, dans un magnifique écrin de verdure...

Impossible de le rater !

Je gare mon petit bolide sur la zone réservée à cet effet, respectant (une fois n'est pas coutume...) les tapis de pelouse qui encerclent l'entrée. Je monte les marches blanches qui m'invitent vers le hall d'entrée. Celui-ci, aux volumes extrêmement spacieux et généreux de style Art déco, aux boiseries sombres, garni de ferronnerie et de deux ascenseurs hors d'âge, me mène naturellement à l'accueil.

Là, derrière un guichet de bois précieux, deux hôtesses m'attendent... Ouf, elles ne sont pas d'époque... Deux jeunes femmes, en tailleur strict, mais résolument moderne, m'accueillent avec un large sourire...

- Bonjour Monsieur, bienvenue à l'Hôtel Carrière Westminster. Puis-je vous aider ?

- Charles Henri Édouard Faisan. Comme l'oiseau... J'ai réservé une chambre pour le week-end.

- Très bien Monsieur Faisan. Je recherche votre chambre... dit-elle, avec un petit rire contenu...

J'avais réussi mon petit effet... comme à chaque fois !

Dans l'attente, mon regard parcourt les plafonds, très hauts, et la décoration d'un autre âge... J'espère que la literie ne sera pas d'époque...

- Ah, Monsieur Faisan, vous avez la chambre 325. Cette chambre a été entièrement rénovée il y a peu. J'espère qu'elle vous plaira. C'est au troisième étage.

Elle recherche ma clef, une vraie antiquité... À celle-ci est jointe une enveloppe...

- Vous êtes bien journaliste à la Voix des Hauts de France ? Il y a une enveloppe à votre intention.

Je suis surpris. L'hôtesse me tend l'enveloppe avec ma clef. Je m'écarte un peu du guichet et ouvre celle-ci. Sur un papier à l'en-tête de l'hôtel, je découvre un message de la Direction de l'Hôtel.

Monsieur Charles Henri Édouard Faisan,

Je vous remercie d'avoir choisi notre hôtel pour votre séjour.

Considérant votre qualité de journaliste à la Voix des Hauts de France, je souhaiterais vous entretenir d'un sujet confidentiel.

Si vous êtes d'accord, j'aurais le plaisir de vous inviter à dîner ce soir à 20H en notre restaurant L'Escale.

Merci de me confirmer votre accord à l'hôtesse d'accueil.

En vous remerciant par avance, je vous souhaite un bon séjour.

Yvan Deschambres

Directeur Général Hôtel Carrière Westminster

L'hôtesse me regarde et semble attendre ma réponse.

- Vous direz à Monsieur Deschambres que je suis d'accord et que je le remercie pour son invitation.

- D'accord Monsieur Faisan. Je vous souhaite une bonne installation.

- Merci. À tout à l'heure.

Je prends l'ascenseur de droite et monte au 3ème étage. Une épaisse moquette s'étale le long des couloirs.

Une affichette m'indique que ma chambre se situe sur la droite du couloir.

322, 323, 344... Voilà, j'y suis. J'entre sans difficulté avec ma clef antique. La chambre est lumineuse, moderne et dénote avec la décoration art déco de l'hôtel. Je préfère...

Les couleurs ciel et sable donnent à la chambre lumière et espace. De grandes fenêtres permettent aux rayons du soleil de caresser le mobilier et la literie.

La salle de bain est équipée d'une douche italienne et d'un jacuzzi avec jets hydro-massants, mon rêve...

Je déballe ma valise et décide de prendre une petite douche vivifiante, et d'essayer la literie un moment avant le dîner. Le boulot attendra bien demain... Trop bien...

19 h 45. Il est temps que je descende au restaurant. Je n'aime pas être en retard. De plus, si c'est le « patron » de l'hôtel qui m'attend...

Après ma descente par l'ascenseur ancestral, j'arrive dans le hall et me dirige vers le restaurant, aidé par un fléchage adéquat.

« L'Escale »... Bon je suis sur la bonne route.

Sur mon parcours, de multiples photos illustrent les prestigieux visiteurs de ces lieux : Churchill, Marlène Dietrich, Serge Gainsbourg, Michel Blanc, Charlotte Rampling, Carole Bouquet, Jacques Chirac, Tony Blair... et moi aujourd'hui !...

Je vais mettre mes pas dans ceux de ces personnes prestigieuses... Je me sens comme une vedette, et me redresse... Mais je ne vois pas de fans... Bon, chaque jour mérite sa peine, cela viendra...

Un jeune homme m'accueille à l'entrée du restaurant.

- Bonjour Monsieur. Puis je vous aider ? Avez-vous réservé une table ?

- Charles Henri Édouard Faisan. Je suis attendu par M. Deschambres.

- Effectivement Monsieur Faisan. Je vous prie de me suivre.

Le jeune homme me guide vers un coin isolé, une sorte d'alcôve du restaurant, où la discrétion est de mise. Néanmoins, une baie vitrée donne sur le jardin et apporte une clarté naturelle à l'endroit.

- Prenez place. Je préviens M Deschambres.

Bon, je m'installe. Le coin est sympa et j'apprécie la vue sur les espaces verts.

- Bonjour Monsieur Faisan. Yvan Deschambres. Je vous remercie d'avoir accepté mon invitation.

L'arrivée de ce monsieur, bien mis, grand, raide m'a surpris. Il est comme j'imaginais un patron de ce type d'hôtel. Sobre et digne...

- Bonjour Monsieur, dis-je en me relevant à moitié.

Le boss s'assied face à moi. Calme et avec un sourire sympa...

- Monsieur Faisan, encore merci d'avoir accepté mon invitation. Je vous propose de commander notre repas dès maintenant, afin que nous puissions prendre le temps de discuter tranquillement. Vous me faites confiance ? Un plat de fruits de mer, suivi d'une volaille, cela vous dit... ?? dit-il en faisant signe au serveur.

- C'est parfait !! Mais vous souhaitiez me rencontrer ??

- Effectivement. Je me suis renseigné sur vous. Je sais que vous êtes un journaliste sérieux et objectif. J'ai pris également contact avec votre hiérarchie. Vous m'inspirez confiance. C'est pourquoi j'ai souhaité vous rencontrer pour vous faire part d'un projet important pour notre hôtel. Mais avant tout, je souhaite que les choses soient claires et que vous signiez cet engagement de confidentialité.

Le boss me présente alors une lettre.

Monsieur Charles Henri Édouard Faisan, journaliste à « La Voix Des Hauts de France », s'engage à une parfaite confidentialité sur les sujets sur lesquels il pourrait avoir accès par l'intermédiaire de M. Yvan Deschambres, Directeur Général Hôtel Carrière Westminster.

Toute information utilisée dans le cadre de son métier devra être validée préalablement par M. Yvan Deschambres.

Lu et approuvé, le 1er avril 2019

Charles Henri Édouard Faisan.

Je suis surpris de la tournure de notre entretien. Voyant mon air étonné, le boss croit devoir me préciser la chose...

- Je suis désolé Monsieur Faisan. Mais c'est à prendre ou à laisser. Le sujet est énorme et très sensible. Je ne veux pas, je ne peux pas prendre de risque. Mais ne vous inquiétez pas, ceci est purement formel... On doit entrer rapidement dans le sujet. Tenez, voici un stylo...

Bref, je n'ai pas trop le choix. Je signe et attends la suite avec une impatience difficilement contenue...

- Merci Monsieur Faisan. Bon, je vais vous parler maintenant du sujet. Vous êtes bien assis ?...

M. Deschambres est bien gentil, mais je ne suis pas un novice et des sujets « énormes », j'en ai bien traité une centaine, et cela tient le plus souvent plus de la souris que de l'éléphant...

Bon, on va voir ce qu'il va me raconter...

- Monsieur Faisan, vous n'êtes pas sans savoir que notre président, Emmanuel Macron est une personnalité importante de notre ville. Je le connais bien personnellement et il a le bon goût d'apprécier notre cuisine.

- Il me semblait qu'il avait un penchant pour le « Café des Sports »... ??

- Oui, quand il arrive le vendredi soir. Mais le samedi soir, nous avons régulièrement l'honneur de sa présence. Et de Madame... Ce sont des gens charmants, très abordables. Et par ailleurs, j'ai bien connu les parents de Madame Macron... Mais le sujet n'est pas là...

Je ne voyais pas où il voulait m'emmener...

- Retournons à notre sujet. Vous avez eu connaissance que notre président a été reçu il y a quelques mois par M. Xi Jinping, le président chinois. Celui-ci a été réélu à l'unanimité pour une période de cinq ans. Il est un des plus puissants dirigeants chinois, et du monde, depuis un quart de siècle. Dans ce contexte, et voulant donner à notre pays une orientation mondiale, notre président a décidé d'inviter le président chinois pour les festivités du 14 juillet à Paris. Par ce geste important, la France prendra une position majeure dans la politique mondiale. Ce sera un acte marquant pour notre pays.

Alors là, j'étais cloué. Et j'imaginais déjà mon scoop et la première page...

- Bon, mais dans ce genre d'événement, il y a toujours l'aspect « détente » et Emmanuel a imaginé quelques jours de repos dans notre jolie ville, et m'a sollicité pour recevoir la délégation chinoise, dont bien sûr le président Xi Jinping...

Je notai l'aspect familier où notre président était appelé Emmanuel. Cela montrait les liens particuliers qu'entretenait notre président avec cet établissement, et son directeur, bien entendu… Et puis, le sujet, cool, trop gros !… Je laissai M. Deschambres poursuivre…

- Bien sûr, je n'ai pas besoin de vous dire que tout ceci est confidentiel. D'où notre accord…

- Je comprends et vous remercie… Je suis honoré de votre confiance… dis-je benoîtement.

- Merci. Passons à table… me dit-il.

Un petit signe vers le maître d'hôtel lança les hostilités…

- Quelques langoustines en entrée, puis un pigeon, arrosé d'un Sancerre, cela vous dit... ?? me propose M. Deschambres.

- Avec plaisir...

Déjà, je salivai en pensant à ce qui m'attendait.

Mais là, je fus piégé, un gourmand épicurien comme moi...

Les langoustines, accompagnées de citron caviar, d'un navet Boule d'Or et de Lard Di Colonnata, étaient entourées d'huîtres de Marennes d'Oléron… Un plus pour faire plaisir au boss…

Je ne pus que me régaler de ce plat magistral, je dois l'avouer, une première pour moi, Charles Henri Édouard Faisan... Bon, mais faut bien commencer un jour, non ?

Un pigeon, assis sur une poire fumée au sapin, agrémenté de céleri et de Trompettes des Maures, champignons mortels, suit savamment les fruits de mer.

Bon, les champignons sont gastronomiquement mortels, comprenons-nous bien...

L'assiette des desserts, entourant un thé vert parfumé où flottent des fleurs de Jasmin, couronne ce repas exceptionnel.

Je déguste cela avec passion...

- Charles Henri Édouard, vous voulez bien que je vous appelle par vos prénoms, me dit M. Deschambres ??...

Il poursuivit sans que je puisse répondre... le vin aidant...

- Charles Henri Édouard, je dois vous avouer que j'ai demain matin une visioconférence avec Monsieur Macron à 10 H. J'aimerais que vous soyez présent. Êtes-vous disponible ?

- Je suis à votre disposition.

- Je vous remercie, Charles Henri Édouard. Je sens que nous nous comprenons. Je vous souhaite une bonne nuit. Et à demain…

Ce monsieur Deschambres me semble de plus en plus sympathique… Et j'ai envie de l'aider dans son projet… Vraiment…

Le repas terminé, et après l'avoir remercié, je monte dans ma chambre.

Celle-ci est plutôt sympa, et je me laisse tenter par le jacuzzi… J'en ai tellement besoin...

Je pense alors au rendez-vous de demain matin. Ce n'est pas tous les jours que l'on participe à une visioconférence avec le Président de la République… Avant d'avertir mon rédacteur en chef, je décide que je ferai un point après la conférence.

La nuit est agitée… Je vois ou j'imagine des entretiens comme je n'en ai jamais eu… Je vois des Chinois qui me torturent… Et même des Français… Comme quoi !!

Je pense à l'entretien de demain matin et prépare mes questions… Mais je ne suis pas sûr que je puisse les poser… On verra bien…

Le lendemain matin, le réveil est un peu dur, mais, bon, la journée devrait être exceptionnelle…

Je me laisse tenter par un excellent petit-déjeuner anglo-français. En effet, je ne peux résister à la saucisse haricots sauce tomate bacon grillé… En plus de mes tartines grillées beurre-confiture… Ma balance va encore grimacer...

Bon, passons aux choses sérieuses…

À 10 heures, je me rapproche de l'accueil. Mon ami, eh oui déjà, M. Deschambres, m'attend, semblant un peu fébrile.

- Bonjour Monsieur Charles Henri Édouard. Avez-vous bien dormi ?

- Comme un bébé, dis-je un brin provocateur …

- Super ! Allons à notre salle de réunion…

Nous nous dirigeons dans une salle qu'il ferma à double tour. Nous nous asseyons au milieu de la salle. M. Deschambres compose un numéro de téléphone et se connecte avec un ordinateur... Des scripts informatiques défilent devant l'écran…

Cela me rappelle certains films d'espionnage…

Soudain, oh miracle, notre président apparaît. Il est comme toujours, souriant, affable…

- *Bonjour, je vous remercie, Monsieur Deschambres.*

- Bonjour Monsieur Macron, je vous présente Charles Henri Édouard, journaliste à la Voix des Hauts de France qui suivra l'événement. C'est une personne digne de confiance, j'en réponds...

- *Ah ok. J'aurais aimé plus de discrétion... mais, bon…*

Je sentis M. Deschambres un peu déstabilisé…

- *Bon, comme je vous ai indiqué, je souhaite inviter mon homologue chinois, M. Xi Jinping au Touquet lors des commémorations du 14 juillet. Je compte sur vous pour un accueil spécial : chambres, repas, etc. qui seront à hauteur de la France.*

M. Deschambres devient bleu... puis blanc... enfin rouge écarlate... Bref un vrai arc en ciel… français...

- Je suis très honoré Monsieur Macron. Je vous remercie de votre confiance... Vous pouvez compter sur moi pour une organisation exemplaire.

- *Oui, oui, n'hésitez pas à faire les choses en grand... Budget illimité, dans la mesure du raisonnable, bien sûr... Je compte sur vous Yvan !*

- Bien entendu... Bien entendu... Je réserverai la suite royale... et des chambres supérieures pour les accompagnants...

- *C'est parfait Yvan. Je vous fais confiance... Vous serez contacté par Monsieur Ping. C'est l'organisateur côté chinois. Il vous donnera toutes les informations et directives. Vous me communiquerez après cet événement la facture. Je prends bien entendu en charge l'ensemble des frais de la délégation chinoise, déplacements inclus. Ils sont nos invités... les invités de la France... N'oubliez pas de prévoir quelques petits cadeaux, nos amis asiatiques sont sensibles à cela...*

- Vous pouvez compter sur moi, Monsieur le Président ! cria presque M Deschambres, au garde-à-vous, me faisant bondir !

- *Très bien... et une discrétion absolue obligatoire. Seuls vous-même et Monsieur Faisan devez être informés. Personne d'autre... Personne ! J'insiste particulièrement ! Sécurité oblige...*

- J'ai bien compris. Vous pouvez compter sur ma parfaite discrétion...

- *Merci. À bientôt Yvan...*

Et l'écran s'effaça brusquement...

M. Deschambres était surexcité... Le fait que notre président l'ait appelé par son prénom n'arrangeait pas les choses... Il me regardait avec une tête à la limite de l'explosion. Je compris alors le sens « avoir la grosse tête ». Il se levait, tournait autour de la table. Il se rasseyait. Se relevait. Refaisait un nouveau tour de la table... Bref, je pense que cela doit être normal quand une affaire comme cela vous tombe sur la tête... Entre le risque de faire une boulette... Et l'euphorie d'avoir la confiance du président pour organiser cela... La Gloire ou le Désespoir...

Il finit par se rasseoir, il posa ses coudes sur la table et se prit la tête entre les mains... Il souffla profondément...

- Bon, bon... dit-il... Il va falloir assurer maintenant...

Je compris que sa place, voire sa carrière était en jeu...

Il essuya du revers de la main les gouttes de sueur qui perlaient sur son front...

- Monsieur Faisan, je vais avoir besoin de vous... En premier, de votre discrétion... Surtout ! dit-il en me regardant d'un air hagard et en élevant la voix brusquement, me faisant sursauter...

Il ajouta aussitôt :

- Mais aussi de votre aide pour l'organisation de l'événement. Je n'ose faire confiance à mon personnel qui, après m'avoir promis de n'en parler à personne, se fera une joie de propager sous cape la nouvelle. Et en moins de 48 heures, tous les serveurs des cafés de notre bonne ville seront au courant... Et je ne vous parle pas de ma femme... Donc,

Monsieur Faisan, comme vous ne faites pas partie de cette ville, et donc vous êtes un parfait inconnu ici, j'aimerais que vous m'aidiez. De plus, votre statut de journaliste vous oblige également à une parfaite discrétion...

- Et puis vous avez signé ! ajouta-t-il d'un air sévère, presque menaçant, comme pour se rassurer...

Et sans que je n'aie eu le temps de répondre, il enchaîna, fébrile, en marchant au travers de la pièce :

- Bon, est-ce une bonne idée ? Je ne vous connais pas... mais justement... cela sera plus discret... on ne se méfiera pas de vous... Et puis vous êtes journaliste. Vous avez des contacts, vous êtes assujetti à un droit de réserve... Bon, bon... dit-il en se remettant à tourner autour de la table...

Il me faisait pitié, ce pauvre monsieur Deschambres...

J'arrêtai son manège, il commençait à me donner le tournis...

- Monsieur Deschambres, Monsieur Deschambres !! dis-je en élevant la voix pour montrer à celui-ci que j'étais toujours présent...

- Oui, Monsieur Faisan... ?? dit-il étonné, les yeux perdus dans le vague, comme s'il découvrait brusquement ma présence.

- Monsieur Deschambres, calmez-vous... Calmez- vous, je vous prie. Je comprends que c'est un événement majeur et important. Mais nous allons maîtriser cela, ne vous inquiétez pas... Vous savez, c'est une chance pour vous... Votre Groupe Carrière appréciera particulièrement votre maîtrise de la situation... Vous pouvez compter sur moi... Vraiment ! dis-je d'un ton décidé.

Je vis alors une petite lumière briller dans les yeux de M. Deschambres qui semblait revenir sur terre...

Il se voyait alors déjà big boss de l'Hôtel Le Majestic de Cannes, qui étend sa splendeur face à la mer, sur la Croisette. Plage privée et accueil privilégié. Cuisine ensoleillée et brasserie haut de gamme. Panorama de rêve et prestations d'exception. Bref, il en rêve depuis des années... Son Groupe ne pourra lui refuser...

Je le vis brusquement se redresser. Il reprit de la superbe et me dit, d'un ton soudainement sûr de lui...

- Monsieur Faisan, je vous remercie. Je suis fier de vous et je savais que je ne m'étais pas trompé. Vous êtes une personne de valeur et d'honneur... Je vous remercie, répéta-t-il...

Il n'eut pas le temps de continuer que le téléphone sonna dans la salle, nous surprenant tous deux...

M. Deschambres décrocha...

- Oui, passez-le-moi... Oui, bonjour Monsieur Ping. Oui, je suis au courant de l'événement, je viens d'avoir contact avec notre président...

Je compris que M. Deschambres avait en ligne le fameux organisateur du déplacement... Je devinais les demandes de M. Ping au travers des réponses de M. Deschambres...

Celui-ci me regarda, et montra du doigt le téléphone, tout en mettant le haut-parleur. Je pus alors suivre la conversation...

- Oui, Monsieur Ping, je sais que vous êtes l'organisateur du déplacement. Je vais réserver la suite pour votre président, et des chambres prestiges pour sa suite. Combien me dites-vous... ?? Une vingtaine de chambres... Très bien... Je réserve cela pour 4 jours après le 15 juillet... Oui, vous m'envoyez cet après-midi un mail avec le détail de l'organisation... Oui, effectivement, je prends en charge tous les frais... les frais de déplacement également bien sûr... Certains viendront de Chine ? Quelques ministres dites-vous ? Réserver également notre grande salle de réunion pour des entrevues avec des ministres français ?... Entendu... De gros contrats industriels... Vous m'envoyez le détail des dépenses prévues ? Très bien...

Je vis de nouveau des gouttes perler sur le front de M. Deschambres... Mais il maîtrisait...

- Oui, Monsieur Ping. Une avance ? Un transfert d'argent pour l'organisation ? Oui, vous pouvez compter sur moi... Combien ? 200 000 € ! Ah, tout de même !... Bon, un transfert par Westerne Union ? Vous m'envoyez tous les éléments cet après-midi par mail ? Faire le transfert demain matin ? D'accord... J'organise cela... À bientôt Monsieur Ping... N'hésitez pas à me rappeler pour tous détails, si besoin... Oui, à très bientôt...

M. Deschambres raccrocha et me dit :

- Eh bien, voilà une affaire qui roule... Je suis un peu surpris par la rapidité de ce contact et des actions à mettre en place... Mais bon, ce genre d'événement s'organise longtemps à l'avance... Et il ne reste que quelques mois... Si nous n'avions pas eu affaire directement avec M. Macron, je penserais à une arnaque... Mais, avec M. Macron... on ne peut avoir de doute... N'est-ce pas ? me demanda-t-il comme pour se convaincre lui-même.

- Vous avez parfaitement raison. On ne peut avoir de doute... Et tout cela est parfaitement crédible... Heureusement que nous avons eu en direct notre président, sinon on pourrait penser rêver...

- Oui, effectivement... Puis-je vous inviter de nouveau ce soir ? Nous pourrons faire un point et examiner ensemble le mail que M. Ping m'aura envoyé ?...

- C'est une très bonne idée... dis-je pensant à la perspective d'un nouveau repas de rêve.

- Alors, à tout à l'heure, 20 h, comme hier soir... dit-il en me donnant une tape amicale sur l'épaule... et complétant cela d'un clin d'œil complice.

Je rejoins alors ma chambre. Tout cela m'a donné le vertige et j'ai besoin de remettre toutes les cases à leur place respective... Je décidais alors pour me détendre de me rendre au « Café des Sports » pour y boire une petite mousse, et également prendre un peu la température présidentielle. En effet, notre président y dîne fréquemment le vendredi soir lors de ses escapades de fin de semaine au Touquet.

Ce n'était pas très loin, mais je pris néanmoins mon véhicule, car j'avais d'autres idées qui me trottaient dans la tête...

Arrivé devant ce café-brasserie au style vintage, plutôt parisien, j'entrai d'un pas décidé en saluant la compagnie, comme un habitué que je n'étais pourtant pas. Je décidai de traîner du côté du bar et m'installai sur un tabouret instable et mal accueillant. Je me suis toujours demandé pourquoi les tabourets de bar étaient toujours aussi inhospitaliers...

Peut-être qu'au bout d'un moment, au bout de trois-quatre bières, le tangage naissant pouvait alors être imputable plus au mobilier qu'à la boisson ?? Comme d'hab, je commande une « Touquettoise »...

Au comptoir, le patron discute avec quelques piliers de bar sur les dernières interviews de notre président à la télé et les prochaines élections. Il faut dire que les dernières interventions militaires françaises à l'étranger faisaient discuter... Tout le monde ici savait que le patron avait « l'oreille » du président, et on n'était pas peu fier de pouvoir discuter avec ce dernier... Une sorte de conseiller quoi...

En bon journaliste, j'observais le décor plutôt atypique et encombré du café tout en laissant traîner une oreille indiscrète du côté des discussions de comptoir...

-   Alors Claude, dit un petit homme en s'adressant au patron, une casquette de marin en lainage bleu vissée sur sa tignasse graisseuse, il paraît qu'« il » est venu ce week-end de Pâques ?

-   Eh, oui, avec toute sa famille, et son chien, comme chaque vendredi soir... Il était en pleine forme et heureux de se ressourcer chez nous... répondit le boss, en parlant un peu fort, afin que personne ne perde cette information cruciale dans la vie de son établissement...

-   Alors, il mange quoi chez toi, notre président ?... ajouta un grand escogriffe, buriné par le soleil et le vent marin...

- Eh bien, comme d'hab ! Une superbe assiette de « nos » moules, accompagnée de « mes » délicieuses frites !! Bien sûr !! répondit en s'esclaffant bruyamment le patron... Sans oublier « ma » mayo maison !

La réponse, habituelle, et attendue, est accueillie par des rires et des grognements de satisfaction de la meute.

- Dis, Claude, la famille « Macron », tu la connais depuis longtemps ?? ajouta un comparse.

- Depuis que « madame » était toute petite, mentit-il... Elle venait alors avec ses parents... C'est pour te dire !! Tiens, je vais te dire un secret...

Un silence assourdissant s'installa alors... On allait connaître un secret de la famille Macron, une information capitale, une révélation unique... Il ne fallait pas perdre une bribe de phrase, pas un mot, pas un soupir... UN SECRET JUPITÉRIEN !!

Le boss avait l'habitude de cette mise en scène et il jouissait de ce moment unique où il était l'homme « qui savait », lui, seulement lui... Sa meute l'entourait comme on vénère un homme saint... Je tendis l'oreille un peu plus. C'est là que le bon journaliste doit être prêt à capter le scoop de sa vie...

- Alors ?? entendit-on...

- Oui, et alors ?? répondit l'écho en cœur...

- Et alors... Et alors... Bon je compte sur vous pour être discret ! N'allez surtout pas répéter ça, hein ? Je pourrais avoir des problèmes... Ok les gars ?

- Bien sûr, tu nous connais, y a pas plus discret que nous... grogna la meute... Alors ??

- Bon, les gars, je vous connais et je sais que je peux compter sur vous ! mentit-il. Savez-vous que notre président a deux alliances ??

L'effet fut fulgurant... Tout le monde se regardait, incrédule...

- Tu veux dire que... qu'il a deux femmes... ?? Tu ne vas pas dire qu'il fait comme... tu sais, celui avec son scooter, comment c'est son nom déjà ?...dit un des loups de la meute, perdus dans ses effluves d'alcool...

- Mais non, idiot, l'interrompit le patron, avant que des paroles malheureuses se dispersent dans la nature. Mais non, mais non!! Simplement, Mme Macron lui avait donné une bague avant leur mariage. Et une seconde après... Donc « il » porte deux alliances...

- Pas possible !... C'est pas possible un truc pareil ! hurle en cœur la meute.

-   Et si ! Regardez la prochaine fois que vous le verrez à la télé !!

-   Ben zut alors ! Quand j'vais raconter cela ce soir à ma Lucienne, elle ne va pas en revenir ! dit le grand escogriffe...

On pouvait être sûr que tous les coiffeurs du Touquet colporteront cette annonce essentielle dès le lendemain... Et gare à celui qui ne serait pas au parfum...

Un peu dégoûté de ces stupides ragots de comptoir, je payai ma mousse et sortis dans la rue St Jean... Bon décidément, les histoires des piliers de comptoir, cela vole toujours aussi haut !

Mais je ne savais alors pas que cette information serait capitale dans la suite de mon aventure...

Mon esprit était ailleurs, et pour ce midi, je retournerais bien en bord de plage... Le soleil brille, et je me rappelais les petits éclairs qui pétillaient dans les yeux de la jolie serveuse du Touquet's Beach... Je décidai donc d'aller en bord de plage, face à la mer, dans cette brasserie que j'affectionne... appréciant son service si agréable...

Ma petite décapotable me conduisit sur le parking longeant le bord de mer, tout à côté du Touquet's Beach.

Je me dirige directement vers ma table d'hier, par chance libre, m'assieds et savoure une nouvelle fois cet air iodé qui caresse mon visage... Trop top la vie...

-   Bonjour Monsieur. On a le plaisir de vous revoir...

La jolie brune de la veille me ramena à la réalité. Mais c'était plutôt un rêve qui commençait... Super, elle est là...

-   Bonjour, tout le plaisir est pour moi... dis-je bêtement.

-   Et puis, on est si bien ici avec vous... ajoutais-je. Enfin, je veux dire avec le sable, la mer... Bref, je continuais à bafouer et à m'enfoncer... Le pire, c'est que je ne n'arrivais pas à maîtriser cette stupide rougeur qui embrasait mon visage... J'avais l'air idiot !

Ma jolie brune, pas dupe, me décrocha un sourire complice.

-   Que puis-je vous servir ? Je vous donne le menu ?

-   Ce n'est pas nécessaire. Vous vous souvenez de ce que j'avais choisi hier ?

-   Bien sûr, je ne me souviens que de vous... dit-elle. Touquettoise blonde, Bacon Burger, frites et une petite salade. C'est bien cela.

-   C'est parfait... Vous avez bonne mémoire...

- Cela dépend pour quoi... et pour qui... dit-elle en repartant, me faisant un clin d'œil...

Décidément, mon séjour au Touquet est plein de surprise !

Toujours souriante, et virevoltante, cette agréable personne m'apporta mon festin. Comme d'hab, je me régalai en contemplant les vagues qui venaient s'échouer sur le sable blond... Ça, c'est la vie...

Je m'octroyais un moment, entre digestion et sieste... Je repensais à cette folle histoire franco-chinoise... Quelque chose me turlupinait... mais je ne savais pas quoi...

Soudain, un éclair... Oui, c'est ça ! Je me rappelais une vague histoire de tentative d'arnaque à Monaco concernant le Prince Albert... Mais sans plus, c'était bien vague... Faudrait que je fasse quelque recherche sur cela, on ne sait jamais...

Je décidais de me rendre au Bureau de la Voix à Étaples. Là, je connais un ancien collègue devenu rédacteur en chef du bureau. Il pourra m'aider dans mes recherches.

Je me lève alors péniblement de mon fauteuil, règle ma note et quitte à regret ma jolie serveuse... Je lui envoyai un « au revoir »... avec comme retour un sourire dont je ne vous dis pas... Bref, je sens que j'ai un « ticket »...

Les kilomètres me reliant à Étaples furent rapidement avalés... J'arrive dans ce village de pêcheurs... Du moins ce qu'il en reste... Je passe devant le célèbre restaurant « Les Pêcheurs d'Étaples », contourne Maréis, le Centre de découverte de la pêche en mer que j'adore visiter... mais ici je n'en ai pas le temps...

Arrivé à l'agence, je me présente au comptoir. Une hôtesse me dévisage.

- Bonjour Mademoiselle. Je suis Charles Henri Édouard Faisan, de la Voix des Hauts de France de Lille. Je souhaite rencontrer Pierre Piège...

- Je l'appelle...

L'hôtesse décroche le téléphone.

- Allo, pépé, il y a quelqu'un pour toi... Monsieur Faisan... Ok, je lui dis que tu arrives...

Pierre, je le connais depuis mes études à l'École de Journalisme de Lille. On est de la même promo. Déjà, à l'école, on l'appelait Pépé, de par les initiales de son prénom et nom, mais aussi parce qu'il était un peu mou. On s'était perdu de vue depuis de nombreuses années...

Je vois arriver un grand gaillard, quelques rides tentent de le vieillir... Mais c'était toujours mon Pépé.

- Salut, Fils ! Comment vas-tu ?? Et bien cela fait des lustres dit ! Qu'est-ce qui t'amène ?...

C'est vrai qu'il appelait ses amis « fils ». C'était une marque d'affection... Me revoilà dix ans en arrière...

- Salut Pépé ! J'ai besoin de tes lumières. Je suis un peu loin de mes pénates et j'aurais besoin d'une information.

Je le vis sourire quand il entendit le « Pépé »...

- Pas de problème mon ami. Que puis-je faire pour toi ?

- J'ai un vague souvenir d'une affaire d'arnaque sur Monaco où une bande organisée avait usurpé l'identité du Prince Albert II... Pourrais-tu faire une recherche sur cela sur notre serveur ?

- Viens par ici. On va rechercher cela... dit-il en se dirigeant vers une petite pièce isolée.

Nous entrons dans un bureau parfait pour un journaliste. Le clone du mien. Des tas de papier instables sur le bureau, des étagères combles... Des piles de documents dans les 4 coins du lieu... Bref, je connais...

- Tiens, prends cette chaise... dit-il en enlevant les dossiers qui y sommeillaient...

On s'assied devant le pc. Le temps de rentrer le mot de passe, et déjà on lançait recherche sur recherche sur notre serveur... Monaco, Arnaque, Prince Albert II...

Pas de souci. L'article de la Voix des Hauts de France du 18 mars 2018 apparaît.

À Monaco, une bande organisée usurpe l'identité du Prince Albert II.

Cela dure depuis plusieurs semaines. Des escrocs en bande organisée se font passer pour de hautes personnalités de la Principauté de Monaco, dont un faux Prince Albert II, pour tenter de soutirer de l'argent à leurs victimes.

Les cibles privilégiées ? « *Des dirigeants de société ou des personnes à responsabilités, visées notamment par message électronique, SMS ou visioconférence, au moyen d'application de type WhatApp* » prévient la Principauté dans un communiqué... *les escrocs ont notamment recours à un sosie du Prince Albert II, lui ressemblant physiquement et établissant un contact vidéo avec sa victime en faisant croire qu'il se trouve dans son bureau au palais. La mise en scène a pour but d'obtenir, sous prétexte de régler un problème financier urgent, des transferts de fonds vers des comptes bancaires ouverts à l'étranger, notamment en Asie* » poursuit la Principauté...

Mes neurones s'entrechoquent... Mouais, cela ressemble à mon histoire... Mais c'est peut-être vrai aussi, cette histoire de président chinois. Faudrait pas créer un incident diplomatique !!

- Super, Pépé ! Tu peux m'imprimer cela ?

- Pas de problème. Mais si tu m'en disais plus ? me dit-il en me tendant la feuille chaude sortie de l'imprimante.

- Peux pas. Top Secret. C'est du Gros. Je t'en reparlerai, promis...

J'aimais le titiller. En réalité, je n'en sais rien, on verra... Ce n'est que des soupçons...

Je quittais mon collègue et reprenais, après l'avoir remercié, la route vers Le Touquet.

C'est vrai que je suis invité au dîner par le directeur de l'hôtel. Faut pas oublier...

Je monte dans ma chambre et décide de faire une rapide synthèse pour m'éclaircir l'esprit...

Bon, en premier, notre président, par une visioconférence, propose d'organiser une rencontre franco-chinoise au Touquet et de loger tout ce beau monde au Westminster. Il demande au directeur de prendre en charge financièrement les coûts d'hébergement et de transfert de la délégation chinoise. Cela semble bizarre, mais pourquoi pas, car cette délégation va s'installer dans ledit hôtel.

Un certain monsieur Ping, sorti d'on ne sait où, souhaite recevoir rapidement, peut-être trop rapidement, de l'argent pour l'organisation de tout cela, suite à la demande de notre président. Pourquoi pas ? Cela me perturbe néanmoins... Bon on verra lors du dîner...

Huit heures pétantes, je me dirige vers le restaurant, sans pouvoir m'empêcher de contempler les photos des stars exposées dans le couloir... Aujourd'hui, c'est moi la Star... Où sont les journalistes ?? Bon, je suis là...

M. Deschambres m'attend. Je le sens stressé... mais qui ne le serait pas à sa place ?

- Bonsoir Monsieur Faisan, je vous attendais. Je vous propose de reprendre notre table d'hier, dans le coin discret du restaurant... Par ailleurs, j'ai apporté le mail reçu de M. Ping.

- Très bien. Je vous remercie. J'ai aussi quelques éléments dont j'aimerais vous faire part... dis-je.

- Ah bon... ?? Je vous en prie, dit-il surpris, en m'invitant à m'asseoir...

M'asseyant, les images des plats fabuleux défilent déjà devant mes yeux... Ben oui, j'y prends goût à ce resto...

- Vous permettez que je commande ? Pas d'allergie ou plat non désiré... ?? Vous aimez les huîtres et les langoustines, me semble-t-il ??

- Je n'aime pas... J'adore ! Je vous fais confiance...

C'est sûr, le boss connaît les bons plats, non ? Vous feriez comme moi, non ?

Nous commandons un petit apéro, et je prends une Touquettoise blonde, ma bière préférée.

- Tenez Monsieur Faisan, voici le mail que j'ai reçu de M. Ping... me dit M. Deschambres en me tendant une page.

La page est une véritable facture qui reprend les coûts des frais de déplacement des ministres chinois. Ministre de l'Industrie, de l'Économie, de l'Armée... Bref tous les noms, de mémoire, me semblent véridiques...

On arrive à un peu plus de 200 000 €, 220 450 € en pratique. Les comptes sont précis...

- Vous en pensez quoi, Monsieur Deschambres ? dis-je perplexe...

- Ce que j'en pense ? J'en pense que c'est un très grand honneur que M. Macron me fasse confiance, et me demande, en direct, de m'en occuper... Maintenant l'addition est salée et je ne voudrais pas avoir des problèmes de remboursement par la suite. Mon Groupe ne serait pas heureux et mon poste est mis en jeu, je ne vous le cache pas... Maintenant, je me vois mal rappeler M. Macron pour lui demander son accord sur l'addition... Vous me comprenez ?

- Oui, bien sûr, je vous comprends. Ce n'est pas une situation facile... De mon côté, j'ai fait quelques recherches et je dois vous parler d'une arnaque qui a eu lieu à Monaco où un escroc s'est fait passer pour le Prince Albert II...

M. Deschambres sursaute, surpris, et me regarde avec une certaine inquiétude... voire une inquiétude certaine...

Je lui tends l'article de la Voix des Hauts de France. Au fur et à mesure de la lecture, je vois le visage de M. Deschambres passer par différentes couleurs... en finissant au rouge gris... si cela existe...

- Alors là !... Alors là !...Vous pensez que nous serions dans le même cas ?? Pourtant, nous avons eu M. Macron en direct...

- On ne peut rien exclure... J'aurais bien aimé revoir notre entretien avec M. Macron...

- Pas de problème, j'enregistre tous mes entretiens...

- Alors là, super ! Nous pourrions le visionner après notre repas ?...

- Bien entendu, pas de problème...

Je me régalais par avance des plats, et je vous assure que je ne fus pas déçu... Par contre, M. Deschambres conserva durant tout le repas un visage tourmenté. Et un appétit coupé. Je le comprenais...

Après ce succulent moment, nous rejoignons le bureau de M. Deschambres. Celui-ci se dirige vers son ordinateur et recherche le fichier adéquat.

- Ah, le voilà !

La visioconférence revient sur l'écran de l'ordinateur. Nous la regardons en silence.

- Bon, alors qu'en pensez-vous ? me dit M. Deschambres ?

- J'ai vu deux anomalies. C'est très bizarre...

- Deux anomalies ?? me répond M. Deschambres, interloqué.

- Oui, deux anomalies. En premier, savez-vous que notre président possède deux alliances ? Une à chaque main... Dans notre entretien, je n'en ai vu qu'une seule. Par ailleurs, plus gros, le drapeau français, côtoyant le drapeau européen, possède bien les trois couleurs, bleu, blanc et rouge. Mais pas dans le bon sens... C'était verticalement et non horizontalement. C'était le drapeau des Pays-Bas...

- Vous êtes sûr ?

- Sans erreur. On peut revoir le film ensemble si vous voulez...

M. Deschambres repasse le film de l'entretien... Il était abasourdi... Son visage est blême...

- Donc ce ne serait pas le vrai Macron... ??

- Il y a de fortes chances que vous soyez victime d'une arnaque...

- Je vais prévenir le siège de mon Groupe. Ils pourront demander confirmation en haut lieu... Je vous tiens informé dès demain matin...

Je quittai alors un M. Deschambres abattu. En plus d'être confronté à une arnaque, c'est cette grande rencontre franco-chinoise, la chance de sa vie, qui risque de lui passer sous le nez... Il s'éloigna, le dos plus courbé que d'habitude, portant tous les malheurs du monde...

Le lendemain matin, je traînai un peu au lit et je me présentai au petit-déjeuner vers 10 heures.

J'aperçus M. Deschambres au loin. Celui-ci me fit de grands signes, me montrant son bureau.

À peine entré dans son antre, je vis un M. Deschambres en furie, qui tournait autour de son bureau, en s'exclamant de mots incompréhensibles.

- Asseyez-vous, Monsieur Faisan. Et bien vous aviez raison !! Je ne saurais comment vous remercier !! Je vous dois une fière chandelle !!

- Vous avez eu des informations ?

- Eh oui ! Et pas des bonnes !! Notre Direction Générale est remontée au Ministère de l'Intérieur, voire à Dieu le Père... !! dit-il en levant les bras vers le ciel. Il n'a jamais été question d'inviter le président chinois au défilé du 14 juillet !! Et encore moins d'une villégiature au Touquet !! Ma Direction Générale m'a félicité pour mon pragmatisme et mon efficacité ! Grâce à vous, Monsieur Faisan, et j'en ai fait part également...

M. Deschambres, par ce retournement de situation, supputa que sa promotion à Cannes pourrait rester d'actualité...

- Seulement, il y a un petit problème... dit-il en baissant la voix, un brin confus.

- Un problème ? dis-je surpris...

- Oui, les autorités ont décidé d'ouvrir une enquête et souhaitent tendre un piège à ces malfrats...

- Tendre un piège ?

- Oui, et comme ces bandits ne connaissent que vous et moi !

- Mais ils ne me connaissent pas !

- Mais si, rappelez-vous, j'ai donné votre nom et journal au faux président Macron... Même qu'il semblait moyennement content...

- C'est pas vrai ! Oh la poisse...

- Oui, surtout quand ils vont savoir que tout a foiré grâce à votre perspicacité !!

- Mais comment le sauraient-ils ?

- Eh bien, là on arrive au piège...

- Au piège ? Mais je ne veux pas être mêlé à cela !! dis-je abasourdi.

-   Trop tard. Les autorités, sachant votre participation à cette histoire, ont imaginé un piège où vous seriez l'intervenant...

-   C'est quoi cette histoire ? Et je n'ai rien à dire ?? C'est incroyable !! Mais je ne suis pas d'accord !

-   Je crois que vous n'avez pas trop le choix... Et imaginez le scoop que vous seul posséderez... Un scoop ÉNORME !! ÉNORME, je vous dis... Vous me remercierez, vous verrez...

-   Eh bien, bravo !! Vous me faites un sale coup !! Et c'est quoi ce piège ??

-   Le but est de faire venir M. Ping au Touquet, à l'hôtel. Nous avons imaginé, avec les autorités, de le faire venir sur place pour lui faire vérifier la bonne organisation, la suite, les chambres... Si tout est ok, on proposera le virement. On ne sait jamais, des aménagements à l'hôtel pourraient augmenter la note... et donc le virement...

-   Et comment le faire venir ? ... Il n'est pas idiot, le bandit...

-   Nous avons son mail. Proposons-lui une nouvelle visioconférence... Je compte sur vous pour m'aider... M. Deschambres se met devant son ordinateur, et sans aucun scrupule, ni me demander mon avis, envoie un mail qu'il avait déjà préparé à M. Ping.

Mon cher Monsieur Ping,

Je vous remercie pour la description des frais. Nous nous ferons un plaisir de vous avancer, en accord avec notre président, ces coûts. Comme entendu, je préviens mon banquier et un virement sera réalisé par Westerne Union.

Afin de parfaire l'événement, nous souhaitons vous présenter l'organisation mise en place, la suite pour votre président et les chambres supérieures pour la délégation.

Il nous semble important également de préparer avec notre Chef les menus des repas gastronomiques franco-chinois. M. Faisan, notre conseiller médiatique sera votre correspondant sur place. Si des frais supplémentaires s'avèrent nécessaires, naturellement, nous les prendrons en charge, majorant ainsi les frais que vous avez déjà calculés et communiqués. Pour ce faire, nous vous proposons une visioconférence en début de cet après-midi, disons vers 14 h.

En vous remerciant par avance, croyez à notre plein engagement pour que cet événement soit une réussite.

M. Deschambres

Directeur Général Hôtel Carrière Westminster.

La réponse ne tarda pas. M. Ping acceptait la visioconférence pour 14 h.

M. Deschambres et moi-même profitons du repas du midi pour profiler notre stratégie... Pas évident, on ne connaît pas les réactions de M. Ping... Bon, on improvisera...

14 h. Nous sommes devant l'ordinateur, un appel... Le contact est établi avec M. Ping.

-    Nî hâo, disons-nous dans un chinois incertain.

-    Bonjour Messieurs, nous répond M. Ping dans un français trop parfait.

Après ces amabilités, très vite nous reparlons de notre souhait de valider l'organisation sur place. Au fil de la conversation, on sent une tension s'installer... M Ping semblait sautiller sur son siège...

Soudain, M. Ping devient rouge écarlate et éclate dans une colère terrible. Il clame brusquement que nous sommes des incapables, qu'il allait en référer à M. Macron, que si nous n'envoyons pas immédiatement l'argent les délais ne seront pas tenus, et que nous aurons à répondre devant notre président sur le fait que la rencontre devra être reportée. Et que son honneur ne peut pas souffrir de cela. Et que nous risquons de graves ennuis personnellement...

Et il raccrocha brutalement...

M. Deschambres et moi-même nous regardons, estomaqués... Nous étions blêmes tous les deux, surtout pour la dernière menace qui nous visait personnellement, voire physiquement...

Ce fut à mon tour d'être furieux...

- Je vous avais dit que votre plan était foireux !! Vous n'avez plus qu'à avertir vos « autorités ». Ce sont des bandes hyper organisées et ils ne se mettront pas en danger... Par contre, M. Ping doit rendre des comptes, j'imagine... Va falloir se mettre au vert quelque temps... On fera l'article quand ce sera moins chaud... Je suis sûr qu'il a des contacts dans votre hôtel...

- Oui, je les ai sous-estimés... Excusez-moi de vous avoir mis dans cette situation... Je préviens les autorités. Je vous tiens au courant... dit-il, blême...

J'étais furax... Je quittai M. Deschambres et montai dans ma chambre pour boucler ma valise. Faut pas traîner dans le coin...

J'appelle mon ami Pépé.

- Salut Pépé.

- Salut Fils. Qu'est-ce qui t'arrive ? Tu as une drôle de voix...

- Écoute, Pépé, peux-tu m'héberger quelques jours. J'ai de gros problèmes. Je me suis mis dans une sale histoire... Je t'expliquerai... Faut que je me mette au vert...

- OK, arrive fils...

Je descends les étages pour rejoindre l'accueil. Le groom d'ascenseur est asiatique. Je ne l'avais jamais remarqué. Il me remarque étrangement...

- Quel étage, Monsieur ?

- L'accueil, s'il vous plaît.

- Très bien, Monsieur, me dit-il avec un drôle de rictus au bord des lèvres.

Ses yeux perçants semblaient me foudroyer... J'en avais froid dans le dos... La descente de l'ascenseur me semble durer une éternité...

Ouf, la porte s'ouvre... Je me sauve du piège et me dirige vers l'accueil.

Là aussi, je ne l'avais pas remarqué jusqu'alors, une charmante hôtesse du Soleil Levant m'accueillit.

-   Bonjour Monsieur Faisan. Que puis-je pour vous ?

Comme c'est bizarre, me dis-je, elle connaît mon nom... Elle aussi me regardait bizarrement... Comme un sourire narquois qui en dit long... J'en suis sûr, elle sait tout !

-   Ma note, s'il vous plaît.

-   Vous nous quittez déjà, Monsieur Faisan ? Notre accueil vous a déçu ? Pourtant j'ai consigne de bien m'occuper de vous...

-   Non, non... Tout va bien. J'ai une nouvelle mission qui m'attend.

L'hôtesse me tend la note que je règle au plus vite avec ma carte bancaire.

-   Merci. Bonne journée, Mademoiselle.

-   Vous également. Que Dieu vous garde...

Cette dernière phrase me glaça.

Je me dirige vers la sortie... Mais comme par instinct, je me retourne. Je vois le groom d'ascenseur discuter avec l'hôtesse d'accueil. Ils me regardent... Le groom sort un portable et compose un numéro...

Faut pas traîner... Je crois que je n'ai jamais été aussi vite à rejoindre mon véhicule et à déguerpir... Je me dirige vers le parking, un peu trop isolé, un peu trop désert...

Je saute dans mon cabriolet, mets le moteur en route, enclenche la marche arrière... Soudain, un foulard vole au-dessus de ma tête et se colle à mon cou. Je me débats... Mon passager clandestin caché à l'arrière serre, serre... Il me dit « Monsieur Ping vous remercie... ».

Je suffoque, mes yeux voient du rouge, l'air me manque... je sens la vie quitter mon corps... c'est la fin... tout se mélange... je ne comprends plus rien, le vide, la nuit, la mort...

C'est fini.

Soudain, surgissant de nulle part, des hommes armés, le visage dissimulé sous un bas, hurlent...

-    Police ! Police ! Que personne ne bouge... !!

Je sens l'air revenir dans mes poumons, le foulard se desserre, mon agresseur est expulsé manu militari hors de mon véhicule.

Des complices, cachés dans les buissons, apparaissent soudainement, pour mieux essayer de disparaître. Des cris... Des courses folles... Des coups de feu...

Puis le silence. Un silence immense, irréel... Suis-je vraiment vivant ?

- Vous allez bien, Monsieur ? me demande un militaire.

- Je ne sais pas... Je crois que oui...

En réalité, je me sens plus mort que vivant. Je ne suis plus sûr de faire partie encore de ce monde.

Soudain apparaissent des visages irréels. M. Deschambres... Puis mon ami Pépé... Sûr, je suis foutu ! Il paraît que l'on revoit sa vie défiler lors de l'arrivée de la mort... Eh bien, ça y est... Merde !

- Monsieur Faisan ! Monsieur Faisan ! Ça va ? me dit un des deux anges qui tourbillonnent au-dessus de moi.

- Fils, fils, allez, arrête de faire ta chochotte ! Allez !! insiste le deuxième ange, en accompagnant cela de claques à me dévisser la tête...

- Mais arrête Pépé, mais arrête donc ! Tu veux m'achever ? dis-je en hurlant.

Bon, je suis bien revenu dans ce monde de brutes, il n'y a pas de doute...

Les visages de Pépé et de M. Deschambres, inquiets, se dessinent maintenant nettement...

Ils m'aident à m'extraire de mon véhicule. Je m'appuie contre un des poteaux du parking.

Devant moi, une demi-douzaine de personnes sont couchées sur le sol, face contre terre, les mains entravées par des menottes. Autour, de nombreuses personnes armées courent dans tous les sens.

Devant mon air hagard et hébété, mon ami Pépé crut bon de me rassurer...

- Quand tu m'as appelé, j'étais très inquiet et j'ai senti que chaque minute pouvait compter. J'ai donc appelé le directeur de l'hôtel. M. Deschambres a rappelé son contact au Ministère de l'Intérieur. Mais la machine était déjà en marche. Des policiers déguisés en clients s'étaient infiltrés, des écoutes téléphoniques ont permis de déceler que la bande de M. Ping, basée à Paris, s'était déjà infiltrée depuis un certain temps et maîtrisait de nombreux postes clefs dans l'hôtel.

- M. Ping a été arrêté... compléta M. Deschambres. Ainsi qu'un certain M. Bernard, qui n'est autre que le sosie de M. Macron. En parallèle, une descente de la police dans l'hôtel a permis d'arrêter toute la bande... Comme vous serviez d'appât également, une équipe d'intervention de la police vous a suivi dans le parking...

Je compris alors que j'étais passé par une belle porte... Presque la porte du paradis... Du moins je l'espère...

M. Deschambres ajouta :

-     Par ailleurs, je tiens à vous remercier Monsieur Faisan pour votre perspicacité qui nous a permis de déjouer ce piège. Je vous donne l'exclusivité de l'article. Un bon scoop pour vous, non ? Veinard ! Ah, je vous présente le célèbre commissaire Boussard qui a géré notre affaire.

Il est bien gentil, mais j'aurais voulu le voir avec le foulard autour du cou, à essayer de capter quelques bouffées d'air...

-     Bonjour Monsieur Faisan, commissaire Boussard. Je vous remercie pour votre maîtrise et votre aide... Je vous demanderai de passer demain matin à la PJ du Touquet pour votre déclaration... Encore bravo et merci !!

Bon, encore un qui n'a rien compris de ma situation. Mais en finalité, on me traite comme un héros, ce qui n'est pas pour me déplaire.

Et puis, il va y avoir cet article qui va me mettre en avant ! Un bon point pour une future promotion... Je vais en faire profiter mon ami Pépé, il le mérite bien...

-     Dis, Pépé, cet article, on le fait ensemble ? Cela me ferait très plaisir, tu sais.

- Moi également Fils. Faut pas traîner, on se voit demain ?

- Ok, je passe à ta boutique...

Je salue la compagnie par des poignées de main et des regards qui expriment toute la tension retombée, le soulagement et la reconnaissance, M. Deschambres me remercie une nouvelle fois et ajoute :

- Si vous voulez profiter encore de votre chambre pour quelques jours, elle est à votre disposition. Et je vous retiens à dîner pour ce soir...

- C'est très gentil à vous. Pour le dîner, je vous remercie, mais disons plutôt demain soir si vous voulez bien...

J'avais besoin de sortir de ce contexte. Surtout j'avais autre chose en tête...

Je grimpe dans mon petit cabriolet qui me dirige naturellement vers le bord de mer, tout à côté du Touquet's Beach bien entendu...

Ma table habituelle était libre et c'est avec plaisir que je m'octroyais un moment de repos face à la grande bleue...

- Bonjour Monsieur. Heureuse de vous revoir... Comment allez-vous ?

- Si vous saviez... J'ai besoin d'une bonne Touquettoise et d'un grand bol d'air !

- Tout de suite, Monsieur.

Ma première gorgée de bière, accompagnée des effluves d'algues et d'iode, m'apporta une extase revigorante !

- N'êtes-vous pas installé au Westminster ? me dit ma charmante hôtesse, avec un air interrogateur.

- Tout à fait...

- Alors, vous devez être au courant... On parle que la police est intervenue cet après-midi pour arrêter des truands de la pègre chinoise qui projetaient de kidnapper M Macron... Il paraît qu'un journaliste au nom d'oiseau, Pivert je crois, a réussi à faire échouer l'affaire !

- Oui effectivement... Mais le pivert serait plutôt un faisan... Je me présente Charles Henri Édouard Faisan, journaliste...

- Oh, excusez-moi ! Alors c'est vous ? C'est génial ! Vous êtes un héros, alors ? Vous pourriez me raconter ? Je termine bientôt mon service et nous pourrions dîner ensemble en bord de plage ??

Décidément, tout va à contre sens aujourd'hui... Je deviens un pivert ! Je suis devenu le héros du Touquet... Et une jolie fille m'invite à dîner !! Elle n'est pas belle la vie ?...

Le lendemain, l'article n'était pas encore rédigé que l'ensemble des brasseries du Touquet colportait l'histoire incroyable du drôle d'oiseau que je suis...

UN ÉTRANGE WEEK-END À MONT SAINT ELOI...

« *Au centre du village de Mont Saint Éloi. Gîte aménagé dans la conciergerie d'un château, rdc + étage. Terrain non clos privatif cour, terrasse, parking privé. Rdc : Séjour/coin-cuisine, coin salon, 1 ch (1 lit X160), 1 s. d'eau, wc sépare. Étage : 2 chambres avec chacune 1 lit 2 pers. I lit bb. Caution, loc. drops, service ménage.* » Prix intéressant. Appeler Mme Thérèse Cauzy au 09 21 17 12 32. »

Ah ! Génial ! Cela pourrait faire l'affaire... me dis-je. Je suis un peu crevé ce soir... Mais bon, boulot, boulot... Je dois tenir...

Je dois réaliser un reportage au festival du Main Square, qui va se dérouler du 5 au 8 juillet à la Citadelle d'Arras, capitale historique du Pas de Calais. Ce rassemblement propose un assortiment de musique éclectique qui amène tous les jeunes de la région. On y note au moins 25 groupes différents !

Comme à l'accoutumée, je recherche un point de chute sympa et original qui me permet de rayonner dans le secteur. Si possible pas trop cher, près des bons restos, cela me convient parfaitement... Et puis profiter un max de mon déplacement, surtout que le soleil sera revenu en ce mois de juin... Ben oui, c'est mon boss qui paye...

J'ai donc fait la recherche d'un gîte sur la toile, que je préfère aux hôtels, car ces lieux ont souvent leurs particularités et leur charme. Et c'est aussi l'occasion de parler avec les habitants et de connaître toutes les petites histoires du coin. Cela m'a permis parfois de faire quelques articles un peu croustillants...

Alors, c'est vrai, quand je tombe sur un gîte situé dans la conciergerie d'un château, à Mont Saint Éloi, que je ne connais pas, et de plus placé à seulement 10 km d'Arras, à peine à un quart d'heure en voiture... je prends !

J'ai toujours aimé depuis mon enfance les châteaux. C'est toujours plein de mystères et d'histoires à dormir debout... Et donc y dormir. Au moins à la conciergerie, j'en ai déjà quelques frissons...

Voyons, c'est comment, cette ville de Mont Saint Éloi ? Un peu de pianotage sur internet me donne quelques indications...

En pratique, c'est la réunion de quelques hameaux... En 1821, la commune absorbe la commune d'Ecoivres, et en 1816, celle de Bray... communes possédant peu d'habitants.

La particularité, c'est que cette commune est située sur la Chaussée Brunehaut. Cette chaussée créée par les Gaulois, entretenue par les Romains, a une très mauvaise réputation...

Une légende cruelle raconte que la reine Brunehaut, mère de Jules César, aurait été suppliciée par son neveu, Clotaire II, roi des Francs de 613 à 629. La Chaussée Brunehaut correspondrait aux traces qu'aurait laissées derrière elle la reine Brunehaut, traînée par son cheval, à toute vitesse, en ligne droite par monts et par vaux.

Accidents mortels, meurtres sordides, suicides à répétition : y aurait-il un lien entre la sinistre légende de la chaussée Brunehaut et les drames qui s'y sont déroulés depuis des dizaines d'années ?...

Une malédiction s'acharnerait-elle sur la chaussée Brunehaut ?

Le château se trouve sur son chemin...

Je me renseigne sur le château... Nouvelle recherche sur le net... Mont Saint Éloi... Château... Ah voilà, c'est le Château de la Vinelle !

Il a été construit vers 1600. Mme Cauzy y propose la Conciergerie en maison d'hôte... C'est bien l'annonce que j'ai vue... Certaines parties ne sont pas habitables, comme les tours...

Le château, construit sur des ruines plus anciennes, a connu plusieurs vies, une vie royaliste perturbée par la Révolution... Des têtes sont tombées...

Et bien plus tard, occupé lors des périodes noires de notre région tourmentée... Allemandes lors de l'occupation, puis soldats anglais et canadiens cachés dans les caves ensuite...

Bref, beaucoup de tourments entre ces murs... qui n'oublient pas... On ne peut penser à la malédiction liée à la Chaussée Brunehaut... Un hasard... Ou une fatalité... On ne sait... Mais cela ne peut nous laisser indifférents... Ce château doit bien avoir quelques histoires, au moins quelques fantômes...

Bon, je me décide...

- Allo, Madame Cauzy ?

- Oui. Bonjour Monsieur, me répond une voix gaie et pétillante.

- Bonjour Madame Cauzy. Je suis Charles Henri Édouard Faisan. Je voudrais savoir s'il serait possible de louer votre gîte quelques jours début juin, disons le premier week-end de juin ?

-   Attendez, je regarde... Oui, vous avez de la chance, c'est encore disponible... Vous savez, avec toutes les réservations des Anglais et des Canadiens, je n'ai plus beaucoup de disponibilités !! Surtout depuis que nous sommes passés à la télévision anglaise!!

-   Vous êtes passés à la télévision anglaise? Ah, je ne savais pas... J'ai vu le descriptif du logement que vous proposez sur internet. L'aménagement et le prix me conviennent bien. Je vais vous envoyer un chèque. Il s'agit bien de la conciergerie du Château de la Vinelle ?

-   Exactement.

-   Savez-vous si le château est habité ?

-   Oui, dit-elle. J'y habite...

-   Ah bon, c'est donc vous la châtelaine ? dis-je en plaisantant...

-   Eh oui !... me répondit-elle avec un grand éclat de rire.

-   Génial ! Vous allez pouvoir me raconter l'histoire du château alors. Je suis journaliste...

-   Avec grand plaisir... dit-elle avec un rire non contenu...

-       C'est très gentil à vous... Bon, je vous envoie le chèque. Je suis impatient de vous rencontrer. Je vous souhaite une bonne journée.

-       On fait comme cela... A très bientôt Monsieur. Bonne journée également ! me répondit-elle d'une voix joyeuse.

Je raccrochais. Content de ce contact amical et joyeux. Un bon séjour se profilait... et j'étais impatient que la fin de semaine arrive pour découvrir ce lieu magique...

Le samedi venu, je rejoins le château dans ma vieille décapotable rouge MX5 Mazda, une vraie merveille...

J'arrive à Mont Saint Éloi, avec quelques agréables rayons de soleil. Soudain, arrivant dans le centre, le château apparaît.

Une impression étrange m'étrangle... Comme un air de déjà vu... Frissons. C'est vrai qu'il ressemble étrangement au château du père de Marguerite Yourcenar à Saint Jans Cappel, au Mont Noir, où j'habite. Pas au château... bien sûr. Il a été détruit par les bombardements durant la Grande Guerre.

Je gare mon petit bolide. Je sonne à la porte de la conciergerie. Une dame courtoise m'apparaît...

-       Bonjour Monsieur Faisan... me dit cette charmante dame. Je suis Madame Cauzy.

- Bonjour Madame Causy. Enchanté. Vous habitez vraiment un endroit extraordinaire ! dis-je en regardant le château.

Mme Causy ne put laisser s'échapper un rire joyeux et communicatif, dont j'avais déjà eu un aperçu au téléphone...

- Vous êtes gentil. Venez, je vais vous faire visiter votre logement.

Le gîte est meublé dans un style un peu ancien, style château (normal aussi). Il est confortable, très propre... Bref, le top !

- Pourrais-je vous solliciter demain matin et vous poser quelques questions sur l'histoire du Château ? dis-je.

- Pas de problème ! Pas trop tôt tout de même... Disons vers 10 h ?

- Parfait ! Donc à demain !

- À demain ! Passez une bonne nuit ! dit-elle en souriant et en s'éloignant vers le château...

La nuit venue, je m'installe dans ma chambre. La fenêtre donne sur le château et je ne peux m'empêcher de lever les lourdes tentures pour regarder la tour qui se présente à ma vue.

Soudain, furtivement, il me semble voir une lueur à la plus haute fenêtre de la tour. Cela disparaît. Puis revient. Puis disparaît de nouveau... Cela me perturbe... Mais bon !

Après une nuit un peu agitée par cette apparition, je décide de faire le tour du château. Il n'est que huit heures du matin, et donc trop tôt pour déranger Mme Causy. Je prends la liberté d'aller dans le parc et me dirige vers la tour du château. Si la façade est lumineuse, exposée au soleil du sud, l'arrière est plus austère, plus sombre... Des douves brumeuses contiennent une eau trouble... Des croassements sinistres complètent l'aspect lugubre des lieux.

En arrivant aux abords du château, je remarque un enfant, un garçonnet d'une dizaine d'années... Il a l'air de me regarder fixement. Son visage ne m'est pas inconnu, me semblait- il... Il me fait signe de le suivre de la main... Il se dirige vers la tour où j'avais aperçu une lueur la nuit dernière...

Je m'approche de lui... Dans le même temps, le jeune garçon continue à avancer vers la tour. Il me fait signe de nouveau... Je continue de l'approcher... Son visage me paraît triste... Le garçonnet contourne légèrement la tour vers l'arrière et disparaît de ma vue. Je continue mon approche. Je contourne la tour. Il a disparu. Devant moi, une lourde porte de bois ferme l'accès au donjon. J'essaye de l'ouvrir, en vain. Elle est fermée à clef.

Je décide alors de rejoindre le logis de Mme Cauzy au-devant du château. Je tape à sa porte... La porte s'ouvre sur une madame Cauzy, radieuse.

-   Bonjour, comment allez-vous, me dit-elle ? Vous avez bien dormi ?

-   Moyennement, dis-je. Vous savez, quand on n'est pas dans son lit, c'est toujours un peu difficile.

-   Je comprends, cela ira mieux ce soir.

-   Oh, oui, certainement. Je voudrais vous demander quelque chose...

-   Dites-moi...

-   Hier soir, il m'a semblé avoir aperçu des lueurs à la fenêtre du donjon. J'étais un peu surpris, car je le pensais inhabité. De plus ce matin, un petit garçon, le vôtre j'imagine, m'a fait signe de le suivre au donjon. Mais arrivé à la porte, il avait disparu...

Je vis Mme Cauzy pâlir... Elle perdit son sourire et je la sentis troublée et effrayée.

-   Un petit garçon ? Non, je n'ai pas de garçon ici. Les miens sont grands, et n'habitent plus ici depuis des lustres...

-   Un de vos petits voisins, alors peut-être...

-   Non, non... Je n'ai pas de jeunes voisins... Mais qui sait... On m'a raconté, lors du rachat du château, il y a maintenant une vingtaine d'années, une histoire d'enfant qui apparaissait parfois à certaines personnes... Le fantôme d'un garçonnet d'environ dix ans et qui entraînait ces personnes vers le donjon. Mais personnellement, je n'ai jamais rien vu... Comme les lueurs aux fenêtres... Peut-être des reflets de la lune...

-   Un fantôme ?

-   On m'a raconté que le château avait été construit sur les ruines d'une ancienne chapelle... Mais je n'en sais pas plus... Elle pourrait être d'époque romaine, semble-t-il...

-   Bon, eh bien moi qui voulais connaître l'histoire de ce château, je suis servi...

-   Oh, vous savez, il y a toujours plein d'histoires dans ces anciennes demeures, plus ou moins réalistes !... Enfin, que cela ne vous empêche pas de profiter de votre journée et de ce splendide soleil... Je vous souhaite une excellente journée.

Mme Cauzy tourna les talons et je sentis qu'elle préférait abréger notre conversation.

- Au revoir Madame, dis-je à l'adresse de cette ombre qui s'éloignait rapidement.

J'en profitai alors pour aller repérer mon futur concert sur Arras, rencontrer les organisateurs et prendre l'atmosphère de ce futur événement. Mon esprit tourmenté fut bientôt accaparé par mon travail, et je passai finalement une excellente journée.

De retour le soir, un peu éreinté par ma journée chargée, je m'accordais un moment de repos dans le salon de mon gîte. Un petit apéro agrémenté de pistaches salées et croustillantes complétait agréablement ce moment. La nuit commençait à tomber tout doucement...

Soudain, comme si une présence me poussait, je soulève la tenture de ma fenêtre. Pas de lumière en haut du donjon. Cela me rassure... Je me sens soulagé, quand soudain je vois de nouveau le jeune garçon... Il me fait signe de le suivre...

Voulant en avoir le cœur net, je me précipite à l'extérieur et me dirige rapidement vers l'enfant... Celui-ci file vers le donjon. J'accélère le pas... Le garçonnet contourne le donjon. J'y arrive, pratiquement en courant. Rien... Il a de nouveau disparu... J'essaye de l'appeler. Rien. Un silence étouffant règne sur les lieux. Je me tourne alors vers la porte du donjon. Là, une énorme et ancienne clef m'attend dans la serrure...

Je tourne la clef. La porte s'ouvre bizarrement, sans un bruit, avec un silence qui me glace. Devant moi, un escalier hélicoïdal en pierre blanche descend vers les caves. J'entends un enfant pleurer... Je descends lentement les marches, en m'aidant de la lumière de mon téléphone portable... Les pleurs d'enfant s'accentuent... Une descente en enfer qui ne semble jamais finir... Et toujours ces pleurs qui me glacent le sang...

J'arrive soudain dans une crypte. Devant moi, un enfant, penché sur un tombeau, pleure...

Lentement, il se retourne vers moi, me tend la main, des larmes coulent sur ses joues... Toute la tristesse du monde se lit sur son visage... Je m'approche de lui. Il se lève et vient contre moi. Je le serre dans mes bras. Son corps froid me glace. Il lève vers moi ses yeux pleins de larmes et me sourit. Puis, plus rien, il n'est plus là. Il a disparu...

Je m'approche du tombeau... Je lis :

Ci-gît la Reine Brunehaut, fille d'Athanagilde 1er, roi des Wisigoths d'Hispanie et de Septimanie, et de son épouse la reine Goswinthe.

Paix à son âme pour les souffrances qu'elle a subies en ces lieux.

Que son fils la protège des tourments à jamais.

Je compris alors qui était cet enfant... Je me sens oppressé, j'ai de la difficulté à respirer, ma tête me tourne... Je vois le tombeau tournoyer, le visage de l'enfant... Je suis mal, tout vacille... Je m'accroche au tombeau, en vain, et m'effondre sur le sol.

Soudain, je me réveille en sursaut.

Je suis face à l'écran de mon ordinateur. Je lis l'annonce proposant le gîte. Je me suis assoupi sur mon bureau, trop fatigué. Je prends mon portable.

- Bonjour Madame Cauzy. Je suis Charles Henri Édouard Faisan. Je voudrais savoir s'il serait possible de louer votre gîte quelques jours début juin, disons le premier week-end du mois de juin ?...

LE MYSTÈRE DE LA MOMIE DU VIEUX-LILLE.

Mon téléphone sonne, me faisant sursauter, affalé sur mon bureau de La Voix des Hauts de France.

Faut dire que je ne suis pas bousculé actuellement, l'actualité étant plutôt morose...

-     Charles-Henri, vous pourriez venir jusqu'à mon bureau ? gronda une grosse voix caverneuse.

À chaque fois, c'est la même histoire... J'ai toujours l'impression que je vais me prendre un savon lorsque mon patron m'appelle... Oui, mais parfois, c'est le cas...

-     J'arrive de suite, Chef ! répondis-je au rédacteur en chef du canard. Ici, Pierre Cochin, c'est le boss, le Chef. Avec lui, faut marcher droit, sinon cela ne le fait pas...

Bon, on verra.

Un toc-toc timide sur la porte de son bureau...

-     Ouais, entrez ! rugit le boss.

J'entrai. Le boss avait le sourire de ses bons jours. Mais il avait aussi le même sourire quand il savourait d'avance la remontée de bretelles qu'il se préparait à m'administrer...

- Assieds-toi ! dit-il en me présentant la chaise trônant devant son bureau.

Ouf, le tutoiement me réconforte... Ça va bien se passer. Mais méfions-nous, c'est parfois pour me refiler un nanar que personne ne veut...

- Mon cher ami ! Je vais te confier une enquête comme tu les aimes... Tu as entendu parler de la momie ?

Super ! Cool ! Je vais aller faire LE reportage sur la momie de Toutankhamon qui est en exposition au Parc de la Villette ! Une balade à Paris !! Enfin le boss reconnaît mes talents de Grand Reporter ! Il a mis le temps, mais bon...

- Ah, pour sûr que j'en ai entendu parler ! On ne parle que de cela ! C'est un événement important !

- Un événement important ?? Je ne sais pas si on peut appeler cela comme cela...

- Pour moi, oui, et je ne suis pas le seul ! C'est un événement qui se passe rarement ! Et que l'on aimerait voir plus souvent...

- Plus souvent ? Comme vous y allez ! Bon, vous pouvez prendre contact avec mon ami le commissaire Lecoq qui vous donnera toutes les indications sur la momie du Vieux-Lille...

- À Lille ? La momie va venir à Lille ?

- Elle y est déjà ! Et elle ne se déplace plus depuis une vingtaine d'années...

- ??

- Vous n'allez pas me dire que vous n'avez pas entendu parler de cette personne que l'on a découverte cette semaine dans le Vieux-Lille ? Elle serait décédée depuis plus de vingt ans et on vient de la retrouver momifiée dans son lit !

- Depuis plus de vingt ans ? Comment cela peut se faire en plein centre de Lille ? Au 21e siècle ?

- Eh bien cela, mon ami, ce sera à vous de nous le dire et de l'expliquer à nos lecteurs ! Allez, au boulot ! Appelez Lecoq de ma part...

Ah pas de pot ! Ma balade à Paris qui me passe sous le nez ! Et tout cela pour ça ! Une momie à Lille ! Bon, on y va, on verra...

Mon petit cabriolet Spitfire de Triumph m'attend sagement dans le parking de « l'usine ». C'est comme cela que l'on appelle le siège lillois du canard !

C'est toujours un plaisir de conduire ce petit bolide... qui fait que les filles se retournent sur moi... Bon, j'avoue qu'il est un peu vieillot, mais il a conservé tous ses charmes de séduction, croyez-moi...

Ah j'oubliais ! Je me présente, Charles Henri Édouard Faisan, 32 ans, journaliste à la Voix des Hauts de France. Un des meilleurs, voire le meilleur... Reste plus qu'à en convaincre mon patron...

Je grimpe dans mon petit deux places, et en route pour chez les poulets afin de rencontrer le commissaire Lecoq.

Le commissariat central est situé place Philippe de Girard. C'est un endroit que je fréquentais souvent par le passé, pour faire sauter quelques PV injustement donnés. Moi, maintenant, depuis l'automatisation, je suis aussi de ce fait plus sage...

Par chance, je trouve une place, rare dans le secteur. Je n'oublie pas de mettre l'indispensable disque de stationnement, et me présente à l'accueil. Là, comme d'hab, une queue impressionnante de personnes les plus bizarres les unes que les autres attend sagement devant un bureau où un agent plus qu'énervé essaye vainement de gérer cette foule bigarrée.

Et, comme d'hab, je double cette queue...

- Eh, la queue c'est pour tout le monde ! Et il se prend pour qui celui-là ? me lancent certains énergumènes... Je fis celui qui n'entend rien et arrivai devant le bureau.

- Mettez-vous à la queue ! vocifère le policier toujours aussi énervé, me jetant un regard mauvais...

- Charles Henri Édouard Faisan, de la Voix des Hauts de France, dis-je en montrant ma carte professionnelle. Je souhaiterais rencontrer le commissaire Lecoq.

- Ce doit être un keuf... entendis-je derrière moi.

Un petit coup de fil et on m'invite à prendre la porte de droite au fond de la salle. À peine passé la porte, un homme entre deux âges se présente à moi avec un grand sourire jovial.

- Commissaire Lecoq ! Vous devez êtes Monsieur Faisan ? Alors comment va ce vieux Pierrot ? Toujours aussi râleur ?

Je suis surpris du ton familier employé par Lecoq pour parler de mon patron...

- Ce bon Pierrot m'a parlé de vous. En bien, ne vous inquiétez pas ! dit-il en me faisant un clin d'œil. Allez, entrez dans mon bureau... Prenez cette chaise... Mettez-vous à l'aise... Un petit café ?...

Bon, bien, le commissaire est du style sympa et ça j'aime bien...

- Oui, volontiers, merci Monsieur

- Pas de Monsieur entre nous. Appelle-moi Jean. Mes amis m'appellent Jeannot. Ok Charles-Henri ? Tu m'excuseras pour le Édouard, mais ça fait un peu long, et nous, dans la police, on n'a pas beaucoup de temps à perdre, on préfère rester à l'essentiel. Ok ?

- Pas de souci Jean. Mon patron m'a demandé de venir vous voir pour « la momie »...

- Oui, il m'a confié qu'il voulait faire un article là-dessus. C'est vrai que c'est une histoire plus que bizarre... Tu vas avoir du taf là-dessus...

- Pas de souci, c'est mon job...

- Oui, et si tu pouvais nous trouver des éléments ce ne serait pas de refus, on est actuellement centré sur le casse de la Caisse d'Épargne de Fives... Bon, tu as de quoi noter ? Alors on y va...

Le commissaire commence alors à me raconter une histoire extravagante...

- Le 12 novembre, les agents des IMR, tu sais les « immeubles menaçant ruine », envoyés par la mairie sont intervenus dans une maison située au 513 place du Lion d'Or, dans le Vieux Lille.

Ceci suite à une réclamation d'une voisine. La maison semblait abandonnée, et cela faisait un peu « tache » dans ce quartier « bobo ». Les voisins commençaient à trouver étrange cette maison toujours fermée, envahie par les toiles d'araignées. Une maison de maître, comme on dit par ici, construite vers 1850.

Au troisième étage, profitant des carreaux cassés depuis plusieurs années, ou encore par la verrière vétuste, des pigeons avaient élu domicile dans la maison. Des voisins disaient même que cela leur faisait penser au film « Les oiseaux » d'Hitchcock, tant ces oiseaux semblaient agressifs...

Les agents ont découpé le volet vert en façade et sont entrés dans la demeure. Là, ils ont visité la maison qui était plutôt délabrée et ont découvert au premier étage un homme décédé.

Il était sur son lit, en pyjama bleu rayé, la tête sur l'oreiller, les bras tombant de part et d'autre de son petit lit étroit.

Voilà comment sa momie a été découverte, au premier étage de cette maison, Place du Lion d'Or, le quartier le plus huppé et prisé du Vieux-Lille.

En face, de plus, ce n'est pas le désert ! On y trouve un restaurant très coté, et à deux pas, une boutique de fringues à la mode « Natacha », ainsi qu'un kebab « Kostantin », très fréquenté. Mais, bon, pas de signalement...

Dans le couloir de l'entrée, le courrier formait un tas énorme, et entre les prospectus, on retrouva quelques lettres intéressantes.

Ces lettres dataient de 1995, cachets de la poste faisant foi. Un courrier d'une caisse de retraite datait du 17 février 1995, un rappel des impôts du 17 mars de la même année. Une quittance de Gaz de France d'avril 1995...

Sur les courriers, son nom, Roberto Alvarez...

Tu vois, Charles-Henri, dans notre société, il y a encore des personnes âgées qui meurent seules et oubliées. Même les voisins, ou encore les administrations ne se soucient pas ou peu des personnes qui ne leur répondent plus...

Mais Roberto Alvarez est un cas très exceptionnel. Il est décédé depuis plus de vingt ans ! Et personne ne s'en est aperçu !

Plus de vingt ans qu'il dormait dans sa chambre-sarcophage, tu t'en rends compte !

Tu sais, il avait même sa paire de Charentaises au pied de son lit...

Bon, la chambre était plutôt petite, quatre mètres sur trois environ. En plus du lit, il y avait une table pliante, tu sais du type camping. Quelques vêtements traînaient deci delà, dont quelques manteaux et vestes. Sur le même palier, il y avait une petite salle de bain avec une baignoire. Une bouilloire électrique était posée dans un coin, peut-être pour chauffer l'eau du bain ?...

Donc, comme tu vois, c'était assez spartiate. Au rez-de-chaussée, pas grand-chose, à part quelques cadavres...

- Des cadavres !?? dis-je, surpris par le ton débonnaire du commissaire sur cet élément important...

- Ne t'excite pas gamin ! Je parlais de cadavres de bouteilles ! Bon, ne m'interromps pas comme cela, je vais perdre le fil de mon histoire...

Et le commissaire reprit son récit...

- Bon, j'en étais où ? Ah oui, les cadavres de bouteilles ! Bon, en tout cas, c'était plutôt le souk au rez-de-chaussée, cela ne sentait pas la haute gastronomie... Pas de télé... Des paperasses, des pubs, en veux-tu en voilà... Une boîte aux lettres qui dégueulait... Bon, on avait perdu le fil du temps là-bas !

Jusqu'à tout récemment, on n'était pas tout à fait sûr que le macchabée était bien le dénommé Roberto Alvarez, arrivé dans le nord après la Seconde Guerre mondiale.

Le 17 décembre, les médecins légistes ont enfin annoncé que « *des particularités au niveau de la mâchoire et de la denture* » permettaient d'affirmer « *à 99,9 %* » que le squelette était bien celui du propriétaire des lieux. Ceci grâce à une ancienne fracture qui a été comparée à une radio du crâne de Roberto Alvarez retrouvée dans la maison par un de nos inspecteurs.

- Et il est mort de quoi ? dis-je, étonné que l'on n'en parle pas.

- Si on savait, après toutes ces années ! Dans la chambre du défunt, nous n'avons trouvé aucune trace de lutte ou d'effraction. Ce qui a fait planer quelques heures l'ombre d'un empoisonnement, avant qu'on décide que le peintre en bâtiment avait dû mourir malade, vomissant.

Le légiste a conclu à une mort naturelle, faute d'autres éléments... Tout ce que je peux te dire, c'est qu'il y avait une bassine blanche sur le sol au pied du lit. De son contenu, d'une couleur brune, on ne sait pas trop... Peut-être avait-il trop bu, et bon, je ne te fais pas de dessin... Il s'est peut-être étranglé en vomissant... Bref, il était sûrement malade... La scientifique a recherché des traces de sang au luminol dans l'habitation. Cela n'a rien donné...

Bon, on a aussi retrouvé sur la table sa carte de sécurité sociale. Roberto Alvarez était né le 17 juillet 1920 à Gijón. C'est une ville située sur la côte des Asturies en Espagne. Sa profession était artisan plombier.

Je te passe tout le toin-toin habituel fait autour de cela lors de la découverte du corps. Entre les discours sur ces administrations inhumaines, plus promptes à hypothéquer une maison que d'envoyer un agent pour voir la situation sur place. L'eau avait été coupée fin 1996, l'électricité en 1997, son compte bancaire clos en 2000, faute de mouvements.

Et puis, il y a tout le tralala que la populace a fait autour de ça ! T'imagines, les voisins un peu honteux de ne rien avoir vu, qui venaient, penauds, déposer une bougie sur le pas de la porte du malheureux... Comme pour expier l'oubli du vieil homme... Pendant plus de vingt ans... Sans te parler des réseaux sociaux toujours alertes à bloguer sur notre société pourrie, à s'émouvoir et faire pleurer dans les chaumières ! Après coup, c'est bien plus facile, non ? On a vu aussi des assos éphémères se créer pour sauver tous les vieux du coin ! Deux mois après, on n'en parlait plus ! Alors, tu sais...

Sinon, la momie détient de toute façon un autre mystère : Roberto Alvarez était très riche !

En premier, parce que sa maison de maître dans le Vieux Lille vaut une fortune... C'est maintenant un quartier très recherché et cela a pris une valeur folle, malgré son état actuel. Dans le temps, c'était un quartier très chaud, avec de nombreuses « maisons closes » et des « bars montants ». Maintenant, ces maisons sont vraiment closes et on se les arrache...

Et, il n'y a pas que cela...

Notre plombier n'était pas seulement propriétaire de sa maison de maître de la place du Lion d'Or ! Il possédait aussi un petit parc immobilier. Dans un testament olographe, Lucienne Chabal, veuve d'Ernest Marquier, boucher de son état, a fait de lui son légataire universel. Dans le panier : la maison de maître, l'ancienne maison de Mme Chabal à La Madeleine, une autre proche du centre de Lille, 345 Place Rihour, face au fameux Palais Rihour, sur une ravissante place, un immeuble à Hellemmes (432 m^2), aujourd'hui occupé par une banque. Et, peut-être, « une succession en région parisienne ».

- Un testament olographe ? C'est quoi ce machin ? dis-je.

- Un testament olographe, c'est un testament rédigé directement de la main de l'auteur, signé et daté par celui-ci.

On n'est pas obligé de le faire devant notaire et il a la même force légale que le testament authentique ! A priori, il n'avait aucune parenté avec cette dame qui ne possédait pas de toute façon de descendance. On ne sait les raisons qui l'ont incité à faire ce testament, ni dans quelles conditions, mais il existe et fait foi...

- Le pot, quoi !

- Le pot, le pot... Tu vas un peu vite... C'est sûrement plus compliqué que çà. Mais bon, ce n'était pas le sujet... C'était une mort naturelle... Affaire classée, mon ami ! dit-il en se tapant dans les mains, satisfait de sa conclusion peut-être hâtive...

- Ah oui, il y a un autre fait bizarre... A priori, Roberto souhaitait vendre sa maison d'habitation à une acheteuse suisse du nom de Levieux-Weber, qui habitait à l'époque rue de la Clef, à Lille. Un acte de vente avait même été rédigé, mais cette dame aurait attendu en vain chez un notaire, Maître Dehors, la signature finale de notre plombier espagnol... Était-il déjà mort ? On ne le saura jamais... On a essayé de retrouver l'acheteuse, mais elle semble s'être évanouie dans la nature. Aucune trace ! Peut-être était-elle retournée en Suisse...

- Oui, eh bien, beaucoup de mystères entourent cette momie... dis-je. Au fait, comment se fait-il que son corps se soit transformé en momie, plutôt qu'une décomposition classique...Personne ne l'avait embaumé, quand même ?

- Non, non ! C'est un dernier mystère... Parfois, cette histoire me donne des frissons dans le dos... J'aspire à passer à autre chose... La ville s'occupe de l'inhumation, et basta... Pour moi, c'est une affaire classée... conclut-il un peu excédé.

- Ok ! Merci Jean ! C'est vraiment sympa de m'avoir confié toutes ces infos !

- Normal, je ne pouvais pas faire moins pour mon vieux pote Pierrot ! Fais-nous un bon article ! Et puis si tu trouves des infos utiles, donne-moi un petit coup de fil, ok ?

- Pas de souci, c'est promis ! dis-je en saluant le patron du commissariat ! À bientôt et bonne journée !

Ceci dit, je quittai les lieux avec des questions plein la tête...

En premier, je ne peux présenter un article aussi creux à mes lecteurs, même si cette momie existe... Qui était vraiment cet homme? D'où provient son héritage et pourquoi ? Et qui était cette mystérieuse acheteuse, bizarrement disparue ? Enfin, comment se peut-il que cette personne, aussi bizarre soit-elle, devienne une momie ??? Elle n'était pas égyptienne, mais espagnole...

Bon, ma mère me disait toujours « Charles Henri, quand tu ne comprends rien, recommence depuis le début et avance pas à pas... » Et comme ma mère a toujours eu raison, je m'assieds, je me pose et réfléchis... Bon, c'est qui ce gazier...Et cette bonne femme qui lui donne son pognon... Je pense que la première étape, tu as raison maman, est de rechercher cette bonne femme et de connaître leur relation... ou leurs relations... Mouais... Bref, on y va...

Bon, en premier, interroger le voisinage... On y trouve, toujours, et je dis bien toujours, une rombière qui espionne le moindre mouvement de ses voisins... Ce serait bien le diable si je ne la repère pas...

Et, en second, indispensable, retrouver la trace de cette généreuse donatrice, trop généreuse, Lucienne Chabal, veuve d'Ernest Marquier, boucher de son état à la Madeleine...

Une recherche sur internet m'apprend que Lucienne Chabal s'est éteinte, le 11 novembre 1971, dans le quartier de La Madeleine. Le convoi funéraire a conduit la vieille dame de 90 ans, veuve depuis près de vingt ans, dans la concession familiale où l'attendait son caveau, au cimetière est de Lille. La généreuse légataire y repose avec sa mère et son mari, Ernest Marquier, sous une croix et une jardinière délabrée. Sur le marbre rose, personne n'a jugé bon de faire graver la date du décès de la bienfaitrice : *Lucienne Chabal, 1881-19.*

Sur ces éléments, je me rends dans cette ville. Une ville un peu bizarre, ni grande, ni petite. Coincée entre Lille et les citées limitrophes comme Roubaix ou Tourcoing... Comme un adolescent qui n'arrive pas à grandir...

Bon, je vais commencer par le centre. Tiens, la Pharmacie du Centre... Les pharmacies m'ont toujours porté chance...

Par chance, la pharmacienne se souvient bien de la boucherie Chabal, aujourd'hui fermée... Et de cette petite dame, très gentille, qui venait toujours avec son petit chien... Un pékinois, lui semble-t-il... Elle n'habitait pas très loin... La pharmacienne, charmante, me retrouve facilement l'adresse de cette dame. Au 217 rue Guynemer... Une petite rue en impasse pas très loin, me dit-elle, en m'indiquant la direction sur le pas de porte...

Je prends le chemin indiqué et je rejoins rapidement cette rue proche du centre, où s'alignent des maisons trop bourgeoises et prétentieuses pour le quartier, et me dirige vers le numéro 217... Une petite maison de maître, aux briques vernissées, comme il en existe nombre sur La Madeleine... Qui avait dû avoir sa notoriété à la bonne époque lorsque l'industrie locale permettait de montrer une importance insolente...

Par expérience, je sais que j'en saurais plus par les voisins que par les occupants actuels. Je m'éloigne un peu vers les maisons proches... Comme prévu, comme partout, je repère rapidement au pas de sa porte la rombière du coin qui connaît tous les potins... et aussi ceux que l'on ne doit pas connaître entre honnêtes gens.

Elle s'appelle Émilienne m'apprendra-t-elle. Elle sait tout, elle voit tout... Toujours sur le pas de sa porte... Dans la rue, pas de caméra de surveillance... Pas besoin...

- Bonjour Madame, je suis journaliste à La Voix des Hauts de France. Je fais actuellement un article sur ces maisons si typiques de La Madeleine... Celle-ci m'intéresse particulièrement, par son style Art déco, dis-je en montrant du doigt la maison des Chabal. Il paraît que ce sont des anciens bouchers qui y habitaient. Connaissiez-vous ces gens ??

La rombière se redresse, pleine d'importance, fière de pourvoir aider un journaliste... Peut-être va-t-on parler d'elle, se mit-elle à rêver... Son moment de gloire est enfin arrivé...

- Ah, pour sûr que je les ai connus, dit-elle en se raclant la gorge d'importance... De bonnes gens, mon Monsieur. Enfin bon, au moins lui... Il s'est tué au travail et est parti trop vite... Ensuite, je ne vous dis pas, son épouse... Bon, je me comprends...

- Vous parlez bien de Lucienne Chabal ?

- Oui, oui, oui... Je l'ai bien connue la Lucienne... Après la disparition de son mari, il fut vite remplacé... Ça défilait, vous pouvez me croire... Et puis...

- Et puis...

-      Oui, il y a eu ce jeune homme... Alberto, non Roberto, me semble-t-il... Un réfugié espagnol, j'imagine... Elle, elle devait bien avoir 75 ans la Lucienne. Un jour, ce jeune homme de 30-35 ans est apparu, oui, même pas la moitié de son âge, il aurait pu être son petit-fils... Il a commencé à fréquenter la maison régulièrement. Il était intervenu pour un problème de chauffage à l'époque. Ça a jasé dans le quartier... Mais bon, on voit toujours le mal partout... Reste qu'à cette époque, elle s'est calmée... Lui, il s'est quasiment installé chez la Lucienne... On imagine des rapports pas très clairs... Et puis, lui, il était bien bizarre...

-      Vous avez dit bizarre... Comme c'est étrange...

-      Oui, trop bizarre... Il était plutôt violent, et dans le coin on préférait l'éviter... Une fois, il a griffé volontairement un véhicule qui s'était stationné devant chez la Lucienne... Un drôle, je vous le dis... À éviter, je vous le dis...

-      Mais Madame Chabal n'avait pas d'amie, de famille qui la visitait ?

-      Pas grand monde... Il y avait bien une amie d'enfance, je pense... Une certaine Sylvie... Elle venait régulièrement. Mais quand le Roberto s'est installé, on a bien compris qu'elle n'était plus la bienvenue... On ne l'a plus vue, il semblerait qu'il l'avait mise dehors, on a dit... Moi, j'ai rien vu, mais c'est d'ailleurs à cette époque, que la Lucienne a commencé à ne plus sortir beaucoup, même quasiment plus du tout ! Parfois cela faisait plus d'un mois que je ne l'avais vue... Au moins...

Elle semblait soucieuse, voulait dire sans vouloir dire... Elle se balançait sur ses jambes.

Dodinant de la tête, elle finit par ajouter...

-    Et puis j'ai appris un matin, on devait être fin novembre, en 71, me semble-t-il, que Lucienne était partie... Elle avait un peu plus de 90 ans. Tout s'est passé discrètement. Très discrètement. Même pas de faire-part... Je suis tout de même allé à son enterrement. Civil. Je suis allée au cimetière, un petit discours et hop, elle a rejoint le caveau familial. On n'avait même pas pris le soin de faire graver sa date de décès, pour vous dire ! On pouvait lire Lucienne Chabal 1881 — et quatre petits points ! Lamentable ! Et puis cette tombe délabrée, laissée à l'abandon... C'était d'un triste, mon bon Monsieur. Devant, il n'y avait que Roberto, derrière, moi et quelques voisins, et aussi quelques anciens clients de la boucherie de son mari. Ah si, il y avait bien son amie Sylvie un peu à l'écart. Cela m'avait surpris, car elle pleurait à chaudes larmes, elle était bien la seule. Lucienne partie, on ne vit plus que le Roberto... À mon avis, je ne savais pas si elle avait du bien, mais je sais qu'elle n'avait pas de famille. Elle m'avait un jour dit toute sa peine de ne pas avoir eu d'enfants et de petits-enfants... Pas de famille... Je vous le dis, le Roberto n'a pas dû se plaindre de son « dévouement » auprès de la vieille... On n'en sait pas plus, le temps est passé, on ne le vit plus, la maison fut vendue... Et puis, on passa à autre chose...

- Et puis plus de nouvelles ?

- Non, non. Ah si ! Un jour, son amie Sylvie est venue me voir. Elle voulait des renseignements sur le Roberto. Moi, à part où il avait travaillé avant, je n'avais pas trop d'information à lui donner...

- Et vous vous rappelez le nom de cette Sylvie ?

- Attendez... Ah, je l'ai sur le bout de la langue... Oui... Oui, c'est ça ! Sylvie Moulin ! Cela m'avait marqué car j'ai habité rue du Moulin dans ma jeunesse, à Roubaix ! Près de la rue de Lille... Vous connaissez Roubaix ?? Je vais vous dire...

Ça y est, le moteur est lancé et je ne vais plus m'en sortir. Elle passe les vitesses...

- Non, pas du tout, Madame, je ne suis pas de la région, mentis-je...

Pour sûr que je connais bien Roubaix... J'y ai traîné mes guêtres dans mon enfance...

J'abrégeai la conversation...

- Je vous remercie, Madame, pour ces renseignements. Je ne manquerai pas de citer votre nom dans mon article. Tenez, si d'autres choses vous revenaient en mémoire... lui dis-je avec un grand sourire, en lui tendant une carte professionnelle. Rappelez-moi votre nom...

Je vis dans ses yeux des lumières de ravissement et de fierté dans la perspective d'être nommée dans le journal local...

- Émilienne. Émilienne Saitout. Avec un t à la fin... Je vous remercie, mon bon Monsieur. N'hésitez pas à revenir me voir si besoin. Une bonne journée à vous !

Émilienne Saitout. J'aurais dû m'en douter, pensais-je en ne pouvant réprimer un petit sourire...

J'étais ravi de mon entretien avec cette dame. J'avais appris bien des choses sur l'histoire de notre momie Roberto, de ses relations, de l'origine de son héritage, de cette Sylvie Moulin...

N'étant pas très loin de l'ancienne maison de Lucienne Chabal, je décidai de rendre visite à l'occupant actuel.

217 rue Guynemer J'y suis... Je sonne une fois, deux fois. J'entends la sonnerie résonner dans le hall d'entrée. Des talons claquent sur le carrelage... Une jeune femme, tenant un enfant par la main, apparaît dans le cadre de la porte. Elle soupire en me voyant, le gamin lui tire le bras, pas content... Manifestement, je ne suis pas le bienvenu...

-   Bonjour Madame. Charles Henri Édouard Faisan, de la Voix des Hauts de France. Pourriez-vous m'accorder quelques minutes, je fais un reportage sur les maisons anciennes du quartier, et plus particulièrement sur la vôtre qui est très particulière ?

-   C'est que ce n'est pas le moment, je dois préparer le repas du petit... dit-elle en soufflant comme si tous les malheurs du monde lui écrasaient les épaules...

Sans lui laisser le temps de réagir, je poursuivis...

-   Vous êtes la propriétaire de cette jolie bâtisse ? Vous savez qu'elle pourrait être classée ?? Elle est vraiment atypique...

-   Non, non, j'aimerais bien, mais je ne suis que locataire...

-   Vous pourriez me dire le nom du propriétaire ? Je la contacterai...

-   C'est une propriétaire. C'est Madame Sylvie Moulin. Attendez, je vais vous donner son adresse... me souffle-t-elle, contente de pouvoir se débarrasser de moi.

Sur ce, elle fit demi-tour avec son marmot et disparut. Me laissant bouche bée ! Sylvie Moulin, que venait-elle faire dans cette histoire ?... C'était pourtant bien Roberto Alvarez qui

avait hérité de cette maison. Et qui l'avait revendue ensuite...
Et pourquoi à cette Sylvie ? À moins que celle-ci n'ait des
souvenirs ici et que ce fût un achat sentimental... Non, non, pas
possible, elle n'y habite même pas !

La jeune femme réapparut avec toujours sa progéniture
accrochée à ses basques.

-       Tenez... dit-elle en me tendant un bout de papier où elle
avait griffonné quelques mots... Maintenant, je vous laisse, j'ai
à faire... Au revoir, Monsieur !

La porte se referma, la vierge à l'enfant, comme une
apparition, disparut alors, me laissant pantois, le bout de papier
dans la main...

Sylvie Moulin

132 bis rue Jules Guesde

Lille

Tel 09 14 43 17 15

Je me demandais si je n'avais pas rêvé ! C'était à ne plus
rien y comprendre ! Mais que venait faire cette Sylvie Moulin

dans cette histoire...Comme disait la grand-mère de quelqu'un du coin : « Quand c'est flou, c'est qu'il y a un loup ! ».

À ce moment, je ne pensais pas si bien dire...

Pour essayer d'éclaircir cela, je décidai de rendre une visite au notaire qui avait commencé une transaction de vente d'immeuble entre notre Roberto et une acheteuse suisse.

L'étude de Maître Dehors était placée très justement dans le centre de Lille, au début de la rue Esquermoise. Les kilomètres entre La Madeleine et Lille furent avalés en un temps très court qui me sembla pourtant interminable...

Je garai mon petit bolide dans le parking souterrain de la Grand'Place, également appelée Place du Général de Gaulle en hommage à ce grand homme né à Lille en 1890. Je n'aime pas les parkings souterrains, toujours lugubres et propices à histoires sordides, et sortis rapidement de ce sous-sol peu accueillant face au Mac Do. D'ailleurs, les places du parking sont anormalement étroites... Pour y faire plus de places, donc plus de pognon j'imagine... La rue Esquermoise se présentait face à moi, les nombreuses boutiques aux enseignes multicolores semblant m'attendre. Mais, j'avais mieux à faire et je trouvai très rapidement le bâtiment de l'étude de Maître Dehors, dont l'entrée était tapissée orgueilleusement d'une bonne demi-douzaine de plaques de cuivre.

Je sonnai... Un grognement au niveau de la gâche électrique et la porte s'ouvrit automatiquement. Maître Dehors, 3e étage...

Je pestai de devoir gravir trois étages à pied, ces vieux bâtiments sans ascenseur n'ont pas le respect de nos jambes... Bon, un peu de sport... 1... 2... 3ème étages !

Une porte vitrée m'invite à entrer. Là, une charmante personne, une jolie blonde au minois plus qu'agréable, habillée d'un petit costume printanier m'accueille avec un sourire bienveillant. Pas du tout assortie avec le décor, pensais-je. Tant mieux...

-    Bonjour, Mademoiselle. Charles Henri Édouard Faisan, faisan comme l'oiseau...

Mouche ! Mon hôtesse me décrocha un splendide sourire ! Ça marche à tous les coups...

-    Que puis-je pour vous, Monsieur Faisan ? dit-elle avec un rire retenu...

-    Je souhaiterais rencontrer Maître Dehors... C'est pour une question d'héritage...

-    Maître Dehors est en rendez-vous... Mais cela devrait se terminer dans quelques minutes... Si vous voulez bien patienter... me dit-elle en m'invitant à rejoindre un sofa antique.

- Oui, bien entendu. En votre compagnie, le temps va passer très vite... Je suis journaliste à la Voix des Hauts de France. Vous êtes de la région ?...Et patati, et patata.

J'amorçais résolument la discussion avec la jolie hôtesse, qui ne semblait pas réfractaire à engager la conversation... Bon, on peut toujours glaner quelques informations... Voire plus...

Soudain, la porte du fond s'ouvre brutalement, et un jeune homme fringant reconduit un vieux monsieur vers la sortie.

Le notaire se tourna vers moi.

- Maître Dehors. Que puis-je pour vous Monsieur ?

Alors là surpris le Charles Henri Édouard ! Moi qui m'imaginais que les notaires étaient tous vieux, près de la retraite, bedonnant, avec sur le dos un costume poussiéreux...

- Monsieur souhaite vous entretenir d'une transmission... intervient mon hôtesse.

- Très bien, Monsieur, entrez ! me dit le jeune homme en m'invitant de la main à entrer dans son bureau.

Une fois assis, et les présentations faites, je relatais les raisons de ma visite. En particulier, l'enquête que je fais, en accord avec la police, sur notre momie. Nous en venons à l'histoire de la vente avortée... Maître Dehors s'empare d'un dossier noté « vente Alvarez/Levieux-Weber »...

- Oui, oui, je me rappelle très bien cette histoire, bien que déjà ancienne. Nous avons attendu plus d'une heure M. Alvarez, Mme Levieux et moi-même. J'ai appelé plusieurs fois M. Alvarez. En vain, on tombait systématiquement sur sa messagerie...

- Il a bien fallu se rendre à l'évidence, ajouta-t-il, et reporter notre rendez-vous... Et puis, je n'ai plus jamais eu de nouvelles... Et pourtant, ce n'était pas la première vente que nous faisions...

- Pas la première vente ?

- Oh non, cela devait être la septième ou huitième, me semble-t-il...

- La septième ou huitième ? dis-je abasourdi...

- Oh oui, au moins. La première fut la demeure de Lucienne Chabal, au 217 rue Guynemer à La Madeleine. D'ailleurs, à chaque fois, j'ai été interpellé par ces transactions, car elles se faisaient bien en dessous du cours du marché. Quasiment à moitié prix ! J'ai bien fait un avertissement auprès des services du fisc, mais comme cette dame habite à Lausanne, en Suisse, il n'y a jamais eu de suite... C'était payé cash par une banque suisse... Bon, et moi, ce n'était pas mes affaires, du moment que M Alvarez était d'accord...

- Vous pourriez me communiquer l'adresse de Mme Levieux, ainsi que la liste des ventes avec l'adresse des immeubles concernés ?

- Oui, bien sûr. Il n'y a pas de secret de toute façon. Il n'y a pas que des immeubles d'habitations, mais aussi des bureaux, des commerces du type restaurant ou brasserie... Je demande à ma secrétaire de vous donner cela... dit-il en décrochant le téléphone.

- Je vous remercie Maître. Je pense que ces éléments pourront m'aider...

- Tant mieux ! Si cela peut permettre de retrouver ce M. Alvarez, faites-moi signe... Bonne journée Monsieur Faisan !

Je regardai étrangement Maître Dehors... Bizarre sa dernière phrase... Non, il ne risquait pas de revoir Roberto Alvarez... Mais je préférai ne pas m'appesantir sur le sujet.

La charmante secrétaire me donna lors de ma sortie une enveloppe, ainsi qu'un sourire appuyé.

- A bientôt peut-être...

- Oui, avec plaisir... lui dis-je tout en tendant ma carte...

Bon, il va certainement être nécessaire de revenir...

Et puis cette histoire semble sentir de plus en plus mauvais.

Je décide de m'accorder un moment de répit pour faire le point.

En rejoignant le parking de la Grand'Place du Général de Gaulle, la terrasse de « Chez Alcide », authentique brasserie lilloise depuis 1880, me tend les bras sur ma gauche. Et comme je ne peux résister à une si belle invitation, je m'installe sur une des rares tables de libre. La vie fourmille sur cette place, comme à n'importe quelle heure de la journée. Je me suis toujours demandé pourquoi tous ces gens vont de droite à gauche et d'autres de gauche à droite. Ne pourraient-ils pas échanger leurs sujets de préoccupations et arrêter de s'agiter comme cela ?

En attendant, je ne peux qu'admirer cette place de style flamand. Sur la gauche, la vieille bourse, datant du XVII siècle, assurément le plus beau monument de Lille, montre les années qui passent. J'adore y entrer pour fureter dans sa cour carrée, chinant pour trouver dans les étals des bouquinistes ce livre que je cherche sans chercher, mais qui me manque tant. Face à moi, le monumental bâtiment de « La Voix des Hauts de France » semble veiller sagement sur la sérénité de ce lieu. Au milieu de la place trône depuis 1845 la Colonne de la Déesse, protégée par une fontaine. La déesse me regarde tristement, semblant me menacer de la main droite d'une sorte de torche qui servait à allumer les mèches des canons. Comme pour me dire, Charles Henri Édouard, nous comptons sur toi pour défendre la liberté, et la vérité... Nous comptons sur toi pour faire la lumière sur cette affaire, qui, sinon, dormira et disparaîtra au fil du temps...

Bon, et bien, c'est si gentiment demandé, je me décide à faire le point... Quand soudain...Pas possible... Eh bien oui, c'est la jolie secrétaire du notaire qui traverse, frétillante, la rue qui sépare la rue Esquermoise de la Grand'Place ! Ceci à seulement quelques mètres de ma table ! Je ne crois pas au hasard... Je crois que chaque homme a son destin entre ses mains et que c'est à lui de le saisir... Ne pas rater les signes du destin...

- Mademoiselle ! Mademoiselle ! criai-je dans sa direction après m'être levé comme un diable sortant de sa boîte. Mademoiselle ! Mademoiselle ! insistai-je à grand renfort de battements des bras.

C'est trois mille personnes qui se retournent, au moins mille demoiselles. Enfin, je n'ai pas compté, mais c'est ce que j'ai ressenti lorsque toutes ces personnes se retournèrent vers cet hurluberlu qui criait à tue-tête ! J'avais un peu honte ! Ce n'est pas dans mes habitudes, moi qui suis plutôt discret...

Mais l'effet escompté se réalisa, puisque la charmante demoiselle tourna également la tête. Je la vis hésiter, surprise sur le moment. Puis un sourire... Et elle se dirigea vers moi...

- C'est vous qui faites tout ce raffut ? dit-elle en me tendant la main, un sourire complice en coin...

- Oui, oui, excusez-moi... Ce n'est pas dans mes habitudes, mais quand je vous ai vue, c'est sorti comme cela ! dis-je en rougissant. Voulez-vous prendre un verre avec moi ?

- Pourquoi pas... dit-elle en s'asseyant.

Un serveur s'approcha de nous.

- Que puis-je vous servir ?

- Une 3 Monts, dit-elle sans hésiter, me surprenant.

- La même chose... dis-je en pensant à cette excellente bière des Monts des Flandres... Une connaisseuse...

Le serveur s'éloigna dans la brasserie mythique... et revint presque aussitôt avec deux verres blonds, où une buée gourmande s'était déposée, et que je réglais immédiatement.

- Santé ! Il fait si chaud... dit-elle, comme pour s'excuser. Je ne me suis pas présentée : Michelle, Michelle Mabelle. Oui, je sais, dit-elle en voyant mon petit sourire en coin, mes parents étaient fans des Beatles...

- Santé ! répondis-je en souriant. Vous savez il y a bien des personnes qui ont des noms d'oiseaux, Faisan par exemple. Ce n'est pas mieux...

Un sourire de connivence permit de rompre toute glace et elle posa immédiatement la question qui la tenaillait...

- Alors, vous avez eu les informations que vous recherchiez ? Vous savez, Maître Dehors est parfois un peu lunatique, voire naïf. Mais, moi, j'ai bien compris que vous enquêtiez sur l'histoire de la momie de Lille, sur ce Roberto Alvarez...

- On ne peut rien vous cacher... Et vous, vous en pensez quoi de ces ventes, vous qui êtes de la partie ?

- Je pense que c'est trop bizarre toutes ces ventes bradées. Mais mon patron préfère ne pas trop se poser de questions... Et puis, c'est plutôt louche, cette Suisse qui rachète tous ces immeubles.

- Je suis bien d'accord avec vous, Mademoiselle. Surtout qu'elle ne semble pas les conserver. Tout au moins la première, puisque c'est une dénommée Sylvie Moulin qui en est propriétaire actuellement, d'ailleurs une ancienne amie de Lucienne Chabal, vous savez la première propriétaire qui en fit don à Roberto Alvarez, notre momie...

- C'est vraiment une histoire de ouf ! Y aurait pas un trésor dans cette maison, que l'on se la dispute comme cela ?

- Même pas, Sylvie Moulin n'y habite pas car elle est en location ! Je serais curieux de connaître qui sont les propriétaires actuels des autres immeubles revendus... On aurait peut-être des surprises !

- Rien de plus facile, me répond Michelle en sortant une tablette de son sac...

- Facile ?

- Ben oui, on va consulter les registres des cadastres de chacune des villes... J'ai tous les liens sur ma machine pour mon boulot... Redonnez-moi la liste des immeubles que je vous ai transmis tout à l'heure...

Le temps que la tablette s'allume et que Michelle se connecte sur le wifi de la brasserie, je me disais que le destin m'a gâté aujourd'hui, et que cette fille est aussi intelligente que jolie. La chance quoi !

- Vous avez de quoi noter ? Bon, l'immeuble du 217 rue Guynemer à La Madeleine : Sylvie Moulin. Mais ça, vous le saviez déjà... L'ancienne boucherie : Sylvie Moulin... Maintenant sur Lille, l'immeuble de 4 étages de Fives : Sylvie Moulin. Le Manoir de Marcq... Sylvie Moulin... Le restaurant « La Perle d'Asie » de Lille, 132 bis rue Jules Guesde à Lille,

Sylvie Moulin. L'ensemble des studios du quartier de la Catho... Sylvie Moulin ! Toujours Sylvie Moulin !! C'est étrange qu'elle ait racheté tous ces immeubles, non ?

-   Comme tu dis, dis-je en la tutoyant volontairement... Et elle habite où cette Sylvie Moulin ??

-   Ben, toujours la même adresse, au 132 bis rue Jules Guesde à Lille... A priori, c'est un resto chinois...

-   Oui, c'est la même adresse que m'a donnée la locataire de La Madeleine... Dommage que l'on ne puisse avoir les archives des ventes des maisons depuis 1971, date du décès de Lucienne Chabal...

-   Pourquoi dommage ?... Bon, historique des propriétaires d'un bien immobilier... Ok... Bon, c'est postérieur à 1965... Donc on a cela au niveau des archives départementales... Nous avons l'historique des références cadastrales... Le plus simple serait de faire une recherche dans les registres de publicité foncière... Bon j'y suis... Mon mot de passe... Bingo !

J'en suis baba ! C'est vraiment le ciel qui m'envoie cette fille ! Une perle, je vous dis !! Oui, et, en plus, une jolie perle !!!

-   Bingo ? répète-je bêtement.

- Oui, ça marche... Tiens regarde l'écran, dit-elle en tournant le portable dans ma direction... Je commence par la maison de La Madeleine...

Adresse bien immobilier : 217 rue Guynemer à La Madeleine

Numéro cadastral : 217CLT435

Propriétaires :

1965-1971 : Mme Lucienne Chabal, 217 rue Guynemer à La Madeleine.

1971-1972 : M Roberto Alvarez, 217 rue Guynemer à La Madeleine. Transmission directe.

1972-1973 : Mme Levieux-Weber, 42 rue de Montchoisie, Lausanne, Suisse, vendu : 56 000 €

1973-1975 : Mme Ester Rieur, 12 Avenue de Monteret, Luxembourg, Luxembourg, vendu : 96 000 €

1975-1977 : Mme Sylvie Moulin, 132 bis rue Jules Guesde, Lille, France, vendu : 145 000 €

Tu as vu les plus-values faites !! Incroyable ! Maintenant, l'ancienne boucherie, 17 rue du Marché, La Madeleine...

- C'est pas possible ! s'exclame ma charmante exploratrice.

- Quoi donc ?

- Devine ! On retrouve de nouveau le même triumvirat ! Levieux-Weber, Ester Rieur et pour finir Sylvie Moulin ! Attends le suivant, le Manoir de Marcq... idem ! Le resto de la rue Jules Guesde à Lille... Idem ! Mais, c'est pareil pour tous les immeubles... Et toujours de grosses plus-values...

- Une combine bien rodée... On attend deux ans pour revendre, de quoi se faire oublier, on passe par des paradis fiscaux, avec des banques ad hoc pour éviter les curiosités bancaires ! Entre-deux, de grosses plus-values... Ça sent le blanchiment d'argent, cette histoire !

- J'n'ai jamais vu un truc pareil ! Tu vas faire quoi ?

- En premier, rendre une petite visite à cette madame Sylvie... Puis je préviens mon patron et la police... Surtout pas un mot à Maître Dehors, ok ? Tiens, je te donne ma carte et mon numéro de tél portable perso. On pourrait se revoir ? dis-je avec un sourire interrogateur.

- Oui, pas de soucis, ne serait-ce que pour connaître la suite... N'hésite pas à m'appeler si besoin. Tiens, avance ton tél, je vais te transférer mes coordonnées... Voilà, c'est fait !

- Génial... dis-je, en pensant que c'était sûr que je la rappellerai... Si jamais, je ne te rappelle pas ce soir, appelle mon patron et la police... ajoutai-je en fanfaronnant... Tu sais, je vais plonger dans un bain pas très propre... Bon, t'inquiète, à ce soir !

Après avoir échangé une bise prometteuse, je quitte à regret ma charmante compagne et récupère mon bolide dans le parking souterrain de la Grand'Place.

En quelques embardées, j'arrive rapidement dans le quartier de Wazemmes, dans le sud de Lille. C'était un quartier peu recommandable il y a quelques années, quartier conquis peu à peu par les Bobos lillois, qui aiment un peu se faire peur et vivre hors du commun des mortels. Aujourd'hui, la municipalité fait moult efforts pour donner un visage plus accueillant à ce secteur gangréné par le deal de la drogue. La meilleure de Lille et la moins chère selon la dicte populaire. Mais le pari n'est pas gagné...

Les travaux sont en cours dans la rue Jules Guesde, conquise par les boutiques et restaurants chinois, quelques cafés arabes terminent la rue. Des travaux qui ont pour vocation de supprimer les places de parking de la rue, pour enrayer la vente de drogue selon la municipalité, mais au grand désarroi des commerçants qui voient les voitures passer sans s'arrêter...

Une seule solution, se garer sur la place de la Nouvelle Aventure, assez proche. Sauf quand elle est monopolisée par le marché le dimanche, mardi et jeudi... Reste que 4 jours sur 7...

Je me stationne donc sur cette place. Je ne laisse rien dans la voiture, ferme la capote, mets en route mon alarme... Le quartier n'est pas trop sûr, c'est connu... Je me suis déjà fait cambrioler mon véhicule, pourtant garé devant le restaurant vietnamien que j'adore, et malgré la présence de trois dealers à côté de ma voiture... Ils surveillaient quoi ??

C'est vrai qu'à l'époque les dealers faisaient la loi, et même créaient les conditions pour gérer à leur profit le quartier...

Cela se traduisait par les sacs poubelles craqués pour rendre les trottoirs insalubres... On empêchait les femmes et les enfants d'utiliser la rue... On cassait les voitures pour créer ce climat d'insécurité qui révulse les clients des commerçants et des restaurants de la rue... Les dealers sont installés, narguant les caméras de surveillance de la rue qui semblent ne pas les reconnaître... On a presque envie de leur demander notre chemin, ils semblent si présents et connaissant parfaitement les lieux...

Un célèbre vendeur de chaussures, installé depuis des siècles, a rendu sa clef, désespéré...

Un restaurateur vietnamien, qui était devenu un ami au fil du temps, et qui avait la réputation, justifiée, du meilleur Pho de Lille, a jeté aussi l'éponge en vendant son commerce suite à l'agression de deux de ses clients qui avaient dînés chez lui...

Moi, en sortant de chez lui, j'ai eu la surprise d'avoir la vitre droite de mon véhicule cassée. La voiture avait été nettoyée... La veille de mon départ en vacances... Cool !

La police fait bien des patrouilles... Oui, mais les gamins ont bien miné le coin... On se rappelle cette baston d'une trentaine de mecs qui s'étaient foutus sur la tronche en plein après-midi, en octobre 2016, avec sabres et couteaux... Pas facile le boulot des forces de l'ordre...

On n'est pas sûr que les aménagements dans la rue rendent le calme et la sérénité dans cet endroit. On le souhaite... Pour le moment, c'est une zone de guerre que l'on traverse...

Bon, en attendant, j'avance prudemment dans la rue déserte, sans casque, je passe entre les blocs de pavés sur palette, et les barrières de chantier pour rejoindre le 132 bis rue Jules Guesde... Je vois l'enseigne du restaurant asiatique « La Perle d'Asie »... J'y suis... Pas de dealer dans le coin, seulement quelques ouvriers étrangers qui manipulent avec peine et sueur les pavés du futur trottoir...

Le resto semble plutôt sympa, la vitrine montre quelques personnes attablées.

J'entre et je me dirige directement vers le comptoir. Là, un autochtone aux yeux bridés me dévisage.

- Nî hâo ! dis-je en montrant que je maîtrise quelques mots chinois. Je souhaite rencontrer Mme Sylvie Moulin.

- Pour quoi faire ? me répond mon interlocuteur avec des yeux noirs.

- Je souhaiterais louer un appartement et on m'a dit qu'elle possédait des logements...

- Qui vous a raconté cela ?

- Un ami...

- Mme Sylvie ne possède pas de logement, me répond froidement mon interlocuteur.

- On m'a affirmé le contraire... dis-je en insistant.

- Non, non, pas de logement !! Je te dis... Toi pas comprendre le français ? répond-il ironiquement.

Moi, je ne rigole pas... Je joue le tout pour le tout, voire la provocation...

- Peut-être, mais je veux la voir... j'ai des propositions à lui faire pour lui racheter ses immeubles... dis-je.

- Madame pas là ! Pas de logement aussi. Attention à vous... me dit mon interlocuteur d'un air menaçant dans un français approximatif...

Deux lascars s'étaient invités derrière le comptoir et je compris bien vite que je n'étais pas le bienvenu...

Je rebrousse vite fait mon chemin. Je ne souhaite pas faire partie d'un plat chinois épicé...

Je me dirige rapidement vers la Place de Nouvelle Aventure pour rejoindre mon moyen de locomotion. Je ne me sens pas très à l'aise, je dois vous l'avouer.

Je me retourne et je vois que mes deux joyeux lurons me suivent discrètement... sans vraiment se cacher.

J'accélère le pas et saute dans mon petit bolide. Ouf, me dis-je en mettant ma clef de contact dans le démarreur et en faisant pétarader mon engin... Je quitte sans regret ce lieu inhospitalier qui ne me rassure guère... Bon, il va me falloir une autre idée pour découvrir cette fameuse Sylvie...

Je vois mes deux acolytes sur la place et pour les éviter je fonce vers la rue Jules Guesde... La voie est libre...

Mais mon allégresse est de courte durée. Je me suis jeté dans la gueule du loup...

En effet, j'imagine qu'un coup de fil d'un de mes suiveurs avait en un clin d'œil permis d'armer le piège...

Sur ma droite, comme venue de nulle part, une voiture sort de la Cour Trachet et se plante au milieu de la rue.

Qu'importe, je pile et enclenche la marche arrière. Peine perdue, mes deux acolytes remontent la rue dans une puissante BMW noire qui devait être garée sur la place de Wazemmes.

Me voilà pris au piège. Je peux vous dire que je n'en mène pas large. Bêtement, je m'agrippe à mon volant, comme si celui-ci allait me sauver. Dans un sursaut de survie, je saute de mon cabriolet et prends mes jambes à mon cou...

Pas la peine... Une flopée de diables, sortant de leur boîte, ou plutôt surgissant d'immeubles de la rue, me sautent dessus. Un coup de pied dans le ventre, un coup de matraque, une décharge de taser qui me paralyse... Je suis plus là... Je revois comme un flash mes derniers bons moments de vie, les sourires de mes parents, mon boss, Michèle que je n'ai pas encore eu le temps de connaître et que je ne connaîtrais jamais... .Je tire ma révérence... Bye !

Il fait très sombre. Et froid. Je me réveille dans une pièce où un soupirail laisse entrer timidement quelques clartés du jour. Je suis dans une cave, attaché sur une chaise. Des objets inutiles encombrent la pièce, un vélo, des palettes, un vieux matelas...

Bon la galère, suis prisonnier. L'avantage, suis pas mort...
pour le moment tout au moins.

Mais je ne suis pas seul. Dans la pénombre, je vois une
forme bouger...

-      Alors, mon gars, on se réveille... me dit la forme.

-      Qu'est-ce que vous me voulez ?

-      Tu dois bien le savoir mon pote... en riant franchement
montrant des dents plus que blanches.

Ma forme est un noir à la forme athlétique. Physiquement
sympa. Pour sûr, il doit passer ses soirées dans les salles de
muscu et je fais plutôt chétif, moi avec ma carrure d'Apollon.
Bon, un Apollon, c'est beau, mais un Apollon contre un roc...
Mais en plus, un pistolet mitrailleur, type Kalachnikov, est
posé sagement sur ses genoux... Il a tous les atouts pour me
convaincre, le gars.

-      T'inquiète, la patronne va venir...

-      Mme Sylvie ?

-      Tu verras bien, mon pote ! dit mon gardien en repartant
d'un grand rire résonnant au travers de la pièce.

Bon, je suis tombé chez les fous, mais je suis prisonnier des fous... Va falloir gérer...

-    Et elle vient quand, Mme Sylvie ?

-    Quand elle veut ! Après son job...

Bon, je n'en retirerai rien de plus de mon gardien...

Soudain, la porte de la cave s'ouvre brusquement. Trois, quatre sbires surgissent dans la pièce, fortement armés.

Je balise... Mon gardien recommence à rire... Je me dis qu'il rit parce que je vais mourir...

Les gars se mettent autour de moi, menaçants. Mais pourquoi, je suis attaché sur une chaise ? Sont tous fous...

Soudain, une rousse flamboyante apparaît, son visage joliment pigmenté d'innombrables taches de rousseur...

-    Bonjour Monsieur Faisan... Vous vouliez me rencontrer ?

-    Ben oui, je recherche un logement en location et une de vos locataires, à La Madeleine, m'a donné vos coordonnées, osai-je, sans savoir où cela allait me mener...

- Oui, je sais tout cela. Vous avez aussi contacté mon notaire, Maître Dehors... Pourquoi ?

- Maître Dehors ? Oui, bien sûr, pour mon journal, je fais une enquête sur la momie de Lille...

- Donc, vous ne recherchez pas vraiment un logement...

Je me sens pris au piège...

- Vous recherchez quoi, au juste ?

- Connaître un peu mieux la vie de ce monsieur décédé...

- Oui, et alors, vous êtes satisfait ?

- Oui, oui... dis-je un peu bêtement, mais je vois que ma réponse ne satisfaisait pas madame...

Sans répondre, la patronne quitta ma geôle, suivie par son armée.

- Ah, ah, ah !! s'exclama mon gardien, en riant à tue-tête. T'es pas clair mon pote... !

Ç'avait l'air de bien le réjouir, cet imbécile !

Je me dis que je pourrais peut-être le manipuler... Mais, plus sûr, il semblait que mes jours, je veux dire mes heures, étaient sûrement comptées.

***

\- Ben, il fait quoi Charles Henri, il me drague avec insistance... Bon, il n'est pas désagréable... Pas trop moche... Il devait me rappeler ce soir... Et puis plus rien !...Je l'appelle, je lui laisse des messages... Et il n'y a plus personne !

Bon, je rappelle une nouvelle fois... Mais cela fait tout de même quatre fois ce soir...

Rien... Rien...

À force, je m'inquiète...

Alors, il m'avait dit quoi ??

J'essaye de me souvenir... Il allait rendre une visite à cette madame Sylvie, rue Jules Guesde...

Ses derniers mots résonnent dans ma tête...

Si jamais, je ne te rappelle pas ce soir, appelle mon patron et la police... Tu sais, je vais plonger dans un bain pas très propre... Bon, t'inquiète, à ce soir !

***

Oui, c'est bien beau. Mais je n'ai plus de nouvelles... En plus, il devait y aller directement quand nous nous sommes quittés... Cela me fait flipper... Tant pis, je vais appeler son patron et la police. On ne sait jamais...Si c'est pour rien, ce sera pour rien...

J'appelle la Voix des Hauts de France... Une voix féminine me répond.

- Bonjour, puis je vous aider ?

- Bonjour Madame. Je suis une amie de Charles Henri Édouard Faisan. Je souhaite parler à son supérieur.

- C'est à quel sujet ?

- C'est privé, mais très important. Je pense que M. Faisan est en danger... dis-je, avec un sanglot d'inquiétude dans la voix.

- Je vous passe Monsieur Pierre Cochin, notre rédacteur en chef... me répond la standardiste, très troublée.

Quelques secondes interminables se passent, et une grosse voix me parle brusquement.

- Bonjour Madame, Pierre Cochin. Que puis-je faire pour vous ?

- C'est au sujet de Charles Henri Édouard Faisan. Je m'inquiète beaucoup... Je pense qu'il a un problème...

Je me présente... Et je lui raconte toute l'histoire... La momie... Mon patron, Maître Dehors... Les habitations... Les ventes et reventes... La madame Sylvie... Le resto de la rue Jules Guesde...

Plus je parle, plus Pierre Cochin se tait... Et blêmit. Il sent que c'est du lourd et que son enquêteur risque gros...

- Merci Madame pour votre démarche. Vous avez raison, cette enquête n'est pas une histoire simple...

- Dois-je en avertir la police ?

- Ce n'est pas nécessaire. J'ai des contacts directs avec eux et je les préviens immédiatement. Encore merci.

Je raccroche, mais je ne suis toujours pas rassurée... Mais je pense que le boss de Charles Henri fera le job...

***

- Allo, Jeannot ! C'est Pierre. Pierre Cochin. J'ai besoin de toi...

- Salut Pierre ! J'avais reconnu ta voix de ténor... Que puis-je pour toi ?

- Il s'agit de mon journaliste Charles Henri Édouard Faisan... Je pense qu'il s'est mis entre de beaux draps...

- Oui, Charles Henri est plutôt sympa ton poulain ! Il est venu me voir pour avoir des informations sur la momie de Lille.

- Oui, je sais. C'est moi qui te l'ai adressé. Mais je l'ai envoyé dans un sac de nœuds, je pense...

- Dis-moi, mon ami...

Et Pierre raconta alors à Jeannot toute l'histoire...

Au fil de l'histoire, Jeannot, Jean Lecoq officiellement, pâlit au cours du récit...

Il fait le rapprochement avec la fameuse Sylvie Moulin qui serait l'amie d'un caïd de la drogue de Lille Sud, basé rue Alexandra-David-Neel, nid de la drogue. Sans que l'on n'ait jamais rien pu prouver jusqu'à aujourd'hui.

- Pierre, je prends les affaires en main, ne t'inquiète pas... je te tiens au courant...

- Merci Jeannot. C'est important. Je compte sur toi...

***

Ce jour-là fut un autre jour pour Charles Henri Édouard...

Des troupes fortement armées du GIPN, basées sur les repérages du GSM de Charles Henri, et de quelques fuites de pleureuses de la mafia locale, investirent le restaurant « La Perle d'Asie » au 132 bis rue Jules Guesde à Lille.

***

Des coups de feu ! Des cris ! Police ! Police !

Je fais un bond ! Enfin, je me sens revivre ! Par quelle magie, je ne sais, mais les forces de l'ordre interviennent... Des flics déguisés en robocop interviennent...

Je suis libéré. Je quitte ma cave. Mon gardien ne rit plus... Il pleure...

Je me sens revivre... Je suis sauvé... Je n'ai d'autre réaction que de pleurer... Je ne suis pas mort...Je pleure...Merci mon Dieu... Dans le doute, on se raccroche à son Dieu... Je n'ai rien trouvé de mieux... Bête peut-être, mais je n'en sais rien...

***

Madame Sylvie est arrêtée. Après quelques heures de garde à vue, elle passe à table. Elle parle beaucoup... Trop peut-être... Elle a besoin de se venger de son amant qui l'a trahi pour se sauver. Dans ce milieu, on n'est pas très fidèle... Y a pas de cadeau...

Elle raconte qu'elle a accompagné Lucienne Chabal pendant de nombreuses années... Lucienne lui avait promis son héritage... Mais un certain Roberto Alvarez lui a grillé son plan... Ce jeunot lui a tourné la tête, a fait un testament olographe, qui n'était qu'un faux. Ce salaud ! Elle lui a donc fait du chantage pour que celui-ci vende les immeubles à faible prix, afin de blanchir l'argent de la drogue de Lille-Sud. Pour cela, elle s'était associée, sur les conseils de son jules, à des amies en Suisse et au Luxembourg. Afin de contourner les recherches sur le blanchiment d'argent. Une intervention internationale permettra l'arrestation du réseau, sévissant en Suisse, au Luxembourg, mais aussi auprès de consommateurs en Flandres.

Les ventes et reventes d'immeubles permettaient de blanchir l'argent de la drogue...Lequel était mis sur des comptes suisses et luxembourgeois...

Bref, un coup de pied fatal, du moins pour le moment, dans la fourmilière de distribution de la drogue dans la région lilloise, en particulier sur Lille-Sud.

Sur commission rogatoire, des saisies se multiplièrent sur l'ensemble des logements du couple. Le gang était démantelé.

Mais, déjà, des successeurs se préparaient pour reprendre les territoires libérés par la police. Business is business...

***

- Allo, Michèle, ma Belle ?

- Oui, Charles Henri...

- Ben, j'ai su que c'est toi qui m'avais sauvé la vie, enfin presque... Alors...

- Ne me remercie pas surtout !

- Ben si, Michèle, je te remercie ! Sans toi, on me mangerait à la baguette actuellement ! Sinon, puis-je t'inviter pour une assiette pour te remercier... ?

Son rire me donnait la réponse à ma question... Coquine, elle me répondit :

- Comme tu sembles apprécier la gastronomie atypique, je te propose un petit rendez-vous gourmand à Boeschèpe, chez Florent Ladeyn, une étoile des Flandres... Tu connais ?

Ben oui, je connais le resto, et le chef est un ami... Bon ce sera une bonne soirée...

—   C'est une excellente idée ! Je passe te prendre vers vingt heures ?

—   Ok, ça marche...

Ma petite Triumph fera son effet... Je revis !

Bon, je choisirai le repas gastronomique qui devrait lui plaire... et l'impressionner...

Je ferai une note de frais... Mon boss me doit bien ça...

L'autorisation d'effectuer des reproductions par reprographie doit être obtenue auprès du Centre français d'exploitation du droit de copie [CFC] 20 rue des Grands Augustins, 75006 Paris.

Tél. 01.44.07.47.70

Fax 01.46.34.67.19

ISBN : 978-2-9569272-0-4
EAN : 9782956927204

Éditeur : C Monier 64 l'Ermitage 59270 Saint Jans Cappel

Imprimé dans le second semestre 2019

.

www.ingramcontent.com/pod-product-compliance
Lightning Source LLC
Chambersburg PA
CBHW071313130626
46556CB00004B/1588